정달엽 자서전

꿈길 따라
살아온 인생

진흥상운(주) 정달엽(鄭達曄) 회장 근영(近影)

새로운 세상의 숲
신세림출판사

저자 **정 달 엽**

- 경남 거제 출생
- 장승포 초등학교 졸업
- 거제 중·고등학교 졸업
- 육군 병장 만기 제대
- 이채오 민의원(제2대) 비서
- 해외취업상선 20년간 근무 (55세 정년 퇴직)
- 선원노동조합연맹 차장 (5년 근무)
- 동운상운(주) 이사 (5년 근무)
- 진흥상운(주) 창립 (2000. 6. 10), 현재 회장으로 재임 중.
- 김대중 대통령 감사장 (2000. 12. 18)
- 국회 교육문화체육관광위원장상 (「봉사」부문 명인대상, 2016. 12. 6)

- 세계평화실천운동본부 세계평화문화대상
  (2017. 8. 15)
- 정세균 국회의장상 수상
  (「봉사」부문 명인대상, 2018. 5. 10)
- 국회 국토교통위원장상
  (「해운」부문 명인대상, 2021. 12. 8)
- 국회 농림축산식품해양수산위원장상
  (「해운」부문 명인대상, 2021. 12. 8)
- 대한민국 문화예술명인대전
  (「선행봉사」부문, 명인대상, 2021. 12. 8)
- (사)미주예술문화단체총연합회,
  문화예술최우수상 수상(봉사부문 2022. 3. 1)
- 미국, CARSON CITY 명예시민증 수여(2022. 4. 18)
- 2002월드컵유치범국민운동본부 자문위원 역임
- 새생명장애인후원회 상임고문 (현)
- 장애인복지시설 '선아원' 후원기관 (현)
- 지구촌사랑나눔운동본부 상임고문 (현)
- 북방민족나눔협의회 홍보대사 (현)
- 한민족역사바로찾기운동본부 상임고문 (현)
- (사)지구촌문화예술재능나눔운동본부
  부산지역본부 회장 (현)

회사 직무를 보고 있는 필자 정달엽

필자(정달엽)와 처(안순자)

| 차 례 |

다시 꿈꾸는 세상을 위해

저자 **정 달 엽**

나는 2000년 6월 10일 진흥상운주식회사를 창업(創業)했다.

거의 반세기 동안 살아온 경륜을 살려, 직접 회사를 경영해 보기 위함이었다.

이 사업은 그간 열심히 살아온 노력의 결실이라고 해도 과언이 아니다. 세월이 흘러 어언 회사를 알차게 꾸려온 지 10년 차에 접어들면서 아들(정준호)이 후계자(後繼者)로서의 경영 수업을 받기 위해 임원으로 들어오게 되었다.

그 당시 아들은 장래(將來)가 촉망되는 삼성전자에서

과장으로 근무하고 있었기 때문에, 아들의 결단이 쉽지 않았다.

내가 일으킨 이 사업이 아들 대에도 계속 운영되길 바라는 마음에서다.

지금보다 더 살기좋은 사회,

더 아름다운 사회,

나눔이 즐거운 사회,

더불어 사는 사회를 꿈꾸며 제2의 창업을 하겠다는 심정으로 아들에게 물려주기 위해서다.

나의 후손들도 행복하게 살아야 하기에 '꿈길 따라 살아온 나의 인생'을 일부분이나마 정리하면서, 이 자서전(自敍傳)을 출간하게 되었다.

나는 이 자서전을 내면서 한편으로는 부끄럽고 다른 한편 두렵기도 하다.

왜냐하면 자신의 부족한 내면세계(內面世界)를 다른 사람에게 공개하는 것이기 때문에 부끄럽고 또 다른 사람들이 읽고 뭐라고 비판하겠는가 하는 생각에서 두렵기도 하다.

그러나 내 주위 사람들은 나를 감싸주는 사람들이고 나를 걱정해주는 사람들이 많기 때문에 한편 위로를 받기도 한다.

어린 시절 꿈을 꾸고 시련(試鍊)을 이겨내며 성장해온 과정을 잠시 들여다봄으로써 지금까지 나를 알고 지내왔던 분들이 나에게 조금이라도 더 신뢰를 가질 수 있지 않겠는가 하는 생각에서 부끄러움을 무릅쓰고 이 자서전을 세상에 내 놓는다.

아무쪼록 이 자서전이 나를 이해하는 데 도움이 되고 내 아들·딸에게도 참고(參考)가 될 수 있다면 기쁜 일이 될 것이다.

이 자서전이 세상에 빛을 보게 도와주신 여러 분에게 진심으로 감사드리며, 삼가 이 자서전을 부모님 영전(靈前)에 바친다.

2022년 5월 1일

정 달 엽

자서전 출간을 경하(敬賀) 드립니다

김 병 권
한국문인협회 고문, 국제PEN한국본부 고문

자서전 출간을 진심으로 경하 드립니다.

정달엽 회장은 그동안 해외취업상선, 선원노동조합연맹, 동운상운(주)을 거쳐 현재 진흥상운(주)을 창립해 알차게 회사를 운영하시는 분입니다.

자서전 『꿈길 따라 살아온 인생』의 내용을 살펴보면, 그간 꾸준히 실천해 온 봉사정신에 대해 절로 감동 감화를 받지 않을 수 없습니다.

나 역시 구순(九旬)이 넘었지만 아직까지 자서전을 쓸 엄두도 내지 못하고 있는데, 정달엽 회장께서는 이렇게 자서전을 펴내게 된 데 대해 깊은 경의를 표합니다.

부모님 생전에는 유복하게 지내왔지만, 정달엽 회장이 15살 때 어머님이 운명하였으며, 이어서 26살 때에는 아버님마저 일찍 타계하셨기에 해외취업 상선에 선원생활을 하면서 동생 셋을 돌보며 가장(家長) 역할을 한 것에 대해 찬사를 보냅니다.

이러한 고난의 세월을 스스로 극복하고 가장의 역할을 성공적으로 이끈 의지의 남아(男兒)라고 역설하고 싶습니다.

앞으로 건강하셔서 뜻하시는 모든 사업 가일층 번창하시길 기원 드리면서, 축하의 글을 드립니다.

자서전 출간을 축하 드립니다

정 태 길
선원노동조합연맹 위원장

　정달엽 회장님의 자서전 『꿈길 따라 살아온 인생』의 출간을 기념하며, 축하의 글을 쓴다는 것은 저에게 큰 영광입니다.

　정달엽 회장님은 평소 바다에 대해 남다른 애정을 갖고 계십니다. 이 자서전 속에서도 바다에 대한 사랑과 열정을 엿볼 수 있다고 하겠습니다.

　이번에 펴낸 자서전의 내용을 보면, 회장님의 성실하

고 결단력 있는 발자취가 그대로 묻어 있음은 물론, 우리 모두에게 기쁨과 성취감으로 교훈을 주고 있는 그런 내용들이 담겨 있습니다.

정달엽 회장님께서 그동안 간직해 온 바다를 통한 꿈과 비전을 실어 놓은『꿈길 따라 살아온 인생』이 미래를 열어갈 등대가 될 것이라고 생각합니다.

또한 정달엽 회장님은 매사 열정적이지만 소탈한 분으로 기억합니다. 항상 타고난 부지런함으로 말보다 몸소 행동으로 노력해왔던 분이기 때문입니다.

앞으로도 계속 하시는 사업 번창과 아울러 회장님의 건강과 행복이 함께 하시길 기원 드립니다.

감사합니다.

정달엽 회장님께 큰 박수를 보냅니다

성 태 진
(사)지구촌문화예술재능나눔운동본부 회장

현재 진흥상운(주)을 이끌고 계신 정달엽 회장님께 먼저 큰 박수를 보냅니다.

이번에 그동안 살아오신 인생 역정(歷程)을 정리한 자서전 『꿈길 따라 살아온 인생』을 출간하게 되어 진심으로 축하를 드립니다.

저와의 인연은 1999년 제가 부산 금정구지구당 위원장으로 있을 때, 사모님께서 '봉사위원장'이라는 당직을 맡으셨기에 당시 부군이신 정달엽 회장께서도 저와 같이 당직자와 동행하여 고아원·양로원·선아원 등을 두루 다니면서 어려운 이웃들에게 도움을 주던 기억이 지금도 눈앞에 생생합니다.

그때 1남(정준호) 1녀(정이진)의 아버지로서 뿐만 아니라 진흥상운(주)을 창업하시기 위해 동분서주 하시면서 여러모로 분주한 상황속에서도 아낌없이 도와주셨고, 지금까지 초지일관 후원하고 계시는 정달엽 회장 내외분이 한없이 존경스러웠습니다.

이러한 연유로 지금까지 변함없이 저와 인연이 이어져 와, 제가 축하의 글을 쓰게 되어 더더욱 의미가 깊다고 하겠습니다.

요즘 100세 시대에도 불구하고 정달엽 회장님께서 사랑하신 사모님께서는 병환으로 지난 2020년 3월 4일 먼저 타계(他界)하셨습니다만, 부디 정달엽 회장님께서는 천수(天壽)를 누리시기를 두 손 모아 기원해 마지않습니다.

아버님의 자서전 출간을 축하드립니다

정 준 호
진흥상운(주) 사장

아버님의 자서전 『꿈길 따라 살아온 인생』의 출간을 진심으로 축하드립니다.

그동안 아버님께서는 해외취업상선을 타시기 시작해, 지금까지 배와 관련된 일을 하고 계시는 분입니다.

평생을 초지일관(初志一貫) 살아오신 분이기에, 자식된 입장에서 존경심이 우러납니다.

인생의 종점은 한 점 흙으로 사라진다고 하지만, 아버

님께서는 지난 세월을 회고(回顧)하시면서 틈틈이 그간의 행적 중 일부나마 정리해 자서전을 펴내셨습니다.

아직까지 강건한 삶을 살고 계신 아버님께서는 이제 100세 시대를 지나, 계속 건강하게 사실 것으로 믿습니다.

안타깝게도 어머님께서 먼저 타계하시어, 함께 천수를 누리지 못하지만 아버님께서는 부디 남은 여생 오래오래 무병장수(無病 長壽)하시기를 온 가족과 더불어 기원해 마지않습니다.

간략하나마 이상으로 자서전 출간 축하 인사에 가름합니다.

제1장
삶의 발자취

경주 정씨 통정대부 사적비 앞에서

이채오 국회의원 비서 시절

아들 정준호, 육군 병장 근무 시절

결혼 20주년 기념

결혼 30주년을 맞아

처(안순자)와 여행 중

처(안순자) 칠순연 행사장에서

진흥상운(주) 창립 10주년 기념행사 (2010. 6. 17)

진흥상운(주) 창립 10주년 기념행사에서 건배모습

진흥상운(주) 창립 10주년 기념행사에서 내빈들과 함께

선아원 학생들에게 장학금 지급 후

처(안순자)와 함께

진흥상운(주) 임직원들과 함께

석수천복을 전달하고 있는 성태진 회장

진흥상운(주) 임직원들과 시루떡을 자르고 있는 모습

자택에서 처(안순자)와 함께

자택에서 손자 · 손녀들과 함께

자택에서 친지들과 함께

소 조형물 앞에서 처(안순자)와 함께

아들과 함께 해양대학교 대학원 졸업 시

아들 해양대학교 대학원 졸업 시, 가족과 함께

부처님 오신 날, 금강사 혜성 주지스님과 함께

금강사 혜성 주지스님과
미국에서 온 동생(정달학)·조카(이철조)·지인과 함께

달마도 종정인, 태일대사가 그린 달마도

달마종 종정 태일대사가 그린, 달마도를 전달하고 있는 모습

동생(정달학), 누님의 아들(이철조)과 함께 옥녀봉 앞에서

동생(정달학), 누님의 아들(이철조)과 함께 능포 앞바다에서

능포항 서편 방파제에서, 동생(정달학)과 함께

능포항 서편 방파제 앞에서, 동생(정달학)과 함께

동생(정달학), 누님의 아들(이철조)과 함께 능포항 서편 방파제에서

동생(정달학), 누님의 아들(이철조),
성태진 회장과 함께 능포항 서편 방파제에서

각종 수상

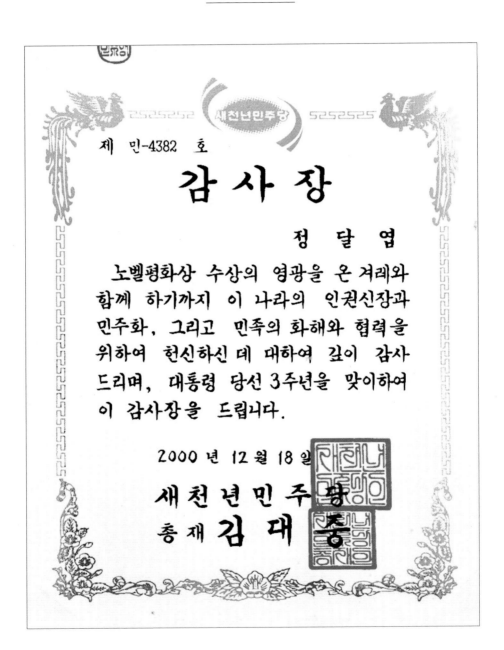

제 민-4382 호

감 사 장

정 달 엽

　노벨평화상 수상의 영광을 온 겨레와 함께 하기까지 이 나라의 인권신장과 민주화, 그리고 민족의 화해와 협력을 위하여 헌신하신 데 대하여 깊이 감사 드리며, 대통령 당선 3주년을 맞이하여 이 감사장을 드립니다.

2000 년 12 월 18 일

새 천 년 민 주 당
총 재 김 대 중

각종 수상

김대중 대통령 감사장(2000. 12. 18)

각종 수상

각종 수상

각종 수상

각종 수상

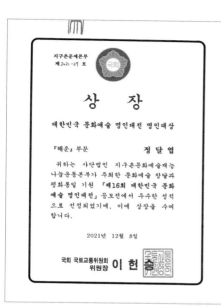

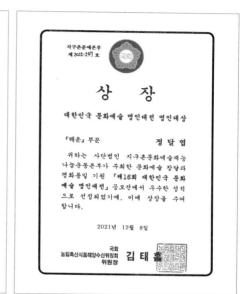

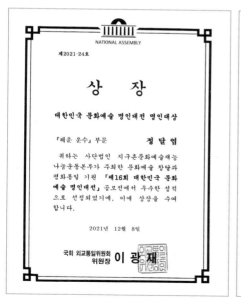

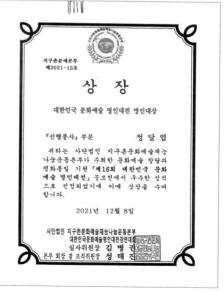

각종 수상

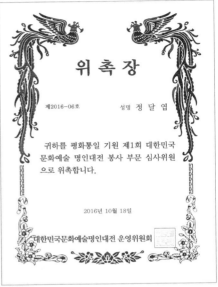

각종 수상을 모아서 찍은 사진

각종 수상

각종 수상

소장품 (글씨)

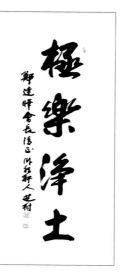

진흥상운(進興商運)이여
길이 빛나소서!
- 창사10주년을 기리는 축시 -
시인 정 태 진

청운(靑雲)의
꿈을 안고
웅비(雄飛)의
나래를 펼치는분이여!

그대는 진정
진흥상운(進興商運)을
이끌어 가시는
동량(棟樑)이로다.
더 높은
정상(頂上)을 향해
온갖 가시밭길시련도
꿋꿋이
헤쳐가실 분이여!

그 이름
길이길이 빛날
정달엽(鄭達曄)
회장님 이로다.

늘푸른 삶으로 건강하시고
만복(萬福)을 누리옵소서!
시인 정 태 진

경주 정씨 명문 혈족
2남6녀의 장남으로
1936년 거제시 일운에서
출생하시어
온갖 풍파 헤치며
꿋꿋이 살아오신 분이여!

1969년 안순자 여사와혼인
슬하에 1남1녀 두시고
뜻한 바 있어 내일을 꿈꾸며
항도 부산에서
진흥상운(주) 설립해
일차개회사운영해 가시는
자랑스런집안의 대들보
정달엽 회장이시여!

'고객 만족, 인화단결,
주인의식'의 사훈
가 가슴속 깊이 새기면서
그늘진 이웃 찾아
몸소사랑실천 하시는분이여!

선구자의삶 살아오면서
어언회수(喜壽)맞이하는오늘
두손 모아 반수무강
기원 하오니
늘 푸른 삶으로건강하시고
만복(萬福)을 누리옵소서!

千祥雲集

소장품 (글씨)

虎死留皮人死留名
鄭達燁 會長 淸正 臥松軒人 芝村

日日是好日
臥松軒人 芝村

隨處作主立處皆眞
鄭達燁 會長 淸正 臥松軒人 芝村

소장품 (그림)

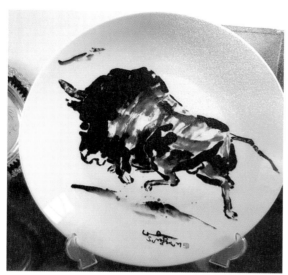

쟁반에 그린 이성근 화백의 소 그림

이성근 화백의 여인 그림

미국 김복림 화백의
그림 앞에서

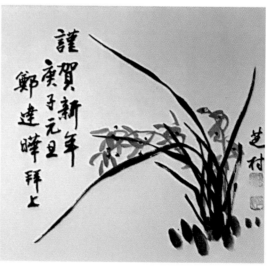

지촌 허룡 선생님의 난 그림

소장품 (글씨)

지촌 허룡 동양화 작가가 그린 독수리

고원 강춘진 한국화 작가가 그린 작품
(대한민국전통미술대전 최우수상 작품)

성태진 회장의 축시

진흥상운주식회사여,
길이 빛나소서!

-진흥상운 창사 제18주년을 기리는 축시

성 태 진
시낭송사랑국제교유회 회장

푸른 꿈 가득 안고
거제시 일운에서 태어나
부산 중앙동에 둥지 틀고
알찬 삶 꾸려가시는 정달엽 회장님!

그대는 오직 자력갱생(自力更生)을 위한
견인불발(堅忍不拔)의 신념으로
진흥상운(振興商運) 이끌어 가시는
사계(斯界)의 동량(棟梁)이로다

내일의 정상 향해
고객만족, 인화단결, 주인의식의 사훈(社訓)
가슴속 깊이 새기면서
그늘진 이웃 찾아 사랑 실천하시는 분이여!

오늘 창사 제18주년을 맞아
정달엽 회장의 수복강녕(壽福康寧)과
무궁한 회사 발전 기원(祈願)하노니
진흥상운주식회사여, 길이 빛나소서!

정달엽 회장의 자작시

천상(天上)의 복(福)
한껏 누리소서!

- 처(안순자)를 그리워하며 읊은 시

정 달 엽
진흥상운주식회사 회장

이웃 땅 일본에서 1945년 태어나
광복 후 조국 대한민국의 품에 안겨
수 억겁(億劫)의 인연(因緣) 따라
18세에 나를 만나 결혼한 임이시여!

슬하(膝下)에 1남 1녀 두고
알뜰살뜰 살다가 먼저 가시니
늘 곁에 있을 때가 그리워
당신의 이름을 조용히 불러본다오!

한시도 잊을 수 없어
불경(佛經)을 읽으며 축원하노니
불국토(佛國土)에서 편히 계시는
당신의 모습을 생생히 그려본다오!

경자년 3월 4일 76세 일기(一期)로
속세(俗世)의 무거운 짐 훌훌 벗고
저 세상 극락정토(極樂淨土)에서
천상(天上)의 복(福) 한껏 누리소서!

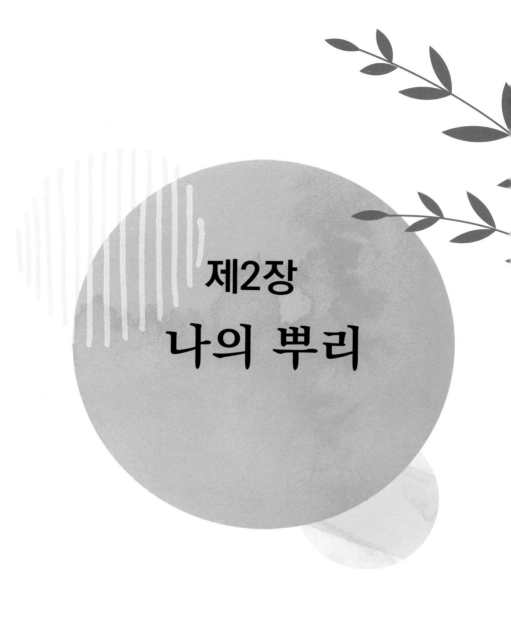

제2장
나의 뿌리

이성근李性根 화백 작품

나의 뿌리

　나는 1936년 3월 22일(음력) 경남 거제시 일운면 소동리 284번지에서 경주 정씨 평장공파 65대손으로 태어났다.

　나의 뿌리인 경주 정씨 시조에 대해 서술하고자 한다.

　경주 남산의 남쪽기슭 백운대에 있는 신라 개국공신 정씨 시조인 낙랑후 지백호의 묘소는 육촌장 가운데 유일하게 전해져 내려오고 있으며, 1987년에 성역화 작업을 하여 정비된 곳으로 여러 묘단이 모셔져 있는 곳이다. 정씨 시조묘는 자산 진지촌에 위치하고 있으며 지백호가 하늘에서 화산으로 내려왔다고 하며 우리나라 정씨의 시원을 이룬 경주 정씨는 진한국사로의 6촌 중 취산진지촌장 지백호를 시조로 하고 있다.

지백호 지묘 전경

　정씨의 유래는 삼국사기와 삼국유사의 기록에 의하면 신라의 6부촌장 중에서 취산 진지촌장인 지백호가 유리왕때 본피부로 개칭된 후, 낙랑후에 봉해지면서 정씨 성을 하사 받았다고 한다.

신라 시조가 나라를 세울 때 개국 공로가 인정되어 좌명공신이 된 시조 지백호 이래 시조의 4대 현손인 동충(東沖) 때에 이르러 유리왕이 정씨로 성을 하사 받음으로써 경주 정씨가 여기서부터 시작되었다고 한다.

신라 개국공신 정씨시조인 낙랑후 지백호의 묘소는 육촌장 가운데 유일하게 지금까지 전해져 내려오고 있으며 1987년에 성역화 작업을 하여 정비된 곳으로 여러 묘단이 모셔져 있는 곳이다.

삼국사기와 동경지에 의하면 지백호는 기원전 117년 경주 화산에 강림하여 사로국 여섯 고을 중 취산 진지촌을 다스리면서 신라 건국에 모체를 이루었다고 한다.

서기 32년 그의 현손 대에 와서 다른 다섯 촌장들과

함께 사성을 받을 때 본피부로 개칭되면서, 정씨의 성을
하사 받은 것으로 기록하고 있다.

신라 법흥왕 대에 와서 문화(文和)로 시호를 받았고, 태종
무열왕 3년인 656년에 감문왕으로 추봉되었다고 한다.

취산 진지촌 장지묘라고 묘지를 안내하는 표지석이 입구
에 세워져 있다.

　진한 땅에 옛날에는 평화롭고 서로 도우며 정답게 살아 가는 여섯마을이 있었다고 한다.

　그 중에서 첫번째 마을이 알천 양산촌이니 남쪽의 지금의 담엄사 일대에 위치하고 있었으며 우두머리는 알평으로, 표암봉으로 내려 왔다고 한다. 이 알천은 양산촌의 우두머리 알평이 급량부 이씨의 조상이 되었다고 한다.

　그 둘째 마을이 돌산 고허촌으로 이 마을의 우두머리는 소벌도리이며 그는 하늘에서 형산으로 내려와 사량부 최씨의 조상이 되었다고 한다.

　그 셋째 마을이 무산 대수촌으로 이 마을의 우두머리가 구례마인데 그는 하늘에서 이산으로 내려왔으며 구례마는 모량부 손씨의 조상이 되었다고 한다.

　최씨의 시조가 되는 최치원이 본피부 사람으로 지금의 화룡사 남쪽에 있는 미탄사 남쪽에 옛터가 있어 그것이 문창후 최치원이 살던 옛날의 집터라고 말하고 있으니 거의 확실한 것 같다.

　그 넷째 마을이 취산 진지촌으로 이 마을의 우두머리는 지백호이며, 그는 하늘에서 화산으로 내려와 본피부의 정씨 조상이 되었다고 한다.

　그 다섯째 마을이 금산 가리촌으로 이 마을의 우두머리는 지타이며, 그는 하늘에서 명활산으로 내려와 한기부 배씨의 조상이 되었다고 한다.

그 여섯째 마을은 명활산 고야촌으로 이 마을의 우두머리는 호진이며, 그는 하늘에서 금강산으로 내려와 습비부 설씨의 조상이 되었다고 한다.

이상으로 6부촌장의 기록들을 살펴보면, 6부촌의 조

상들이 모두 하늘에서 내려왔다고 한다.

　유리왕 9년에 육촌을 육부로 개정하여 그 명칭을 고치고, 육부촌장에게 각각 성을 내려 주었다고 한다.

성역화 사업을 전개하면서 성의를 표시한 분들의 표성비

성역화 사업을 추진한 정경

경주 정씨들의 선묘가 있는 묘역

　역사적으로 명문거족의 지위를 지켜온 정씨는 한말과 근대에 이르는 시대의 변천 속에서도 많은 인물들이 배출되어 명문의 전통과 훌륭한 선조들의 위업을 드높이 받들어 왔다고 한다.

　위 사진은 정씨 시조 신라 개국공신 낙랑후 지백호의 제향을 올릴 때 재물을 준비하던 상석이며, 우측 옆에

자리하고 있다.

　정씨 시조 신라 개국 공신 낙랑후 지백호 지묘 (鄭氏始
祖新羅開國公臣樂浪侯智伯虎之墓)라고 쓰여진 시조 지
백호의 묘역이 맨 윗쪽에 좌향하고 있다.

정 남향에서 북쪽 고위산 쪽으로 바라 본
경주정씨 지백호의 묘역

　하나뿐인 6부촌장의 묘역답게 잘 관리가 되고 있는 정씨 시조의 지백호 묘와 백운재를 돌아보면서 혈연이란 물보다 진하다는 것을 감명깊게 느꼈다.

　이상으로 정씨시조의 뿌리를 찾아서 기행한 것을 간략하게 서술해 보았다.

경주 불국사 금동비로자나불좌상

지촌 허 룡許龍 선생 작품

제3장

나의 성장기와
그간의 생활

거제시 전경 지도

나의 성장기와 그간의 생활

내가 태어난 일운면 소동리는 나의 어린 시절 놀이터이자 꿈속의 공간이었고, 현재도 뒷산 옥녀봉은 마음의 고향으로 자리잡고 있다. 사시사철 꽃이 피고 새들이 노래하는 낙원이었다. 흙 내음, 바람 내음, 온갖 초록 내음이 풍겨 어린 가슴을 풍성하게 해주었다.

부친 경주정씨 정명찬, 모친 칠원윤씨 윤우순 사이에서 2남 6녀 중 장남으로 태어났다.

8남매 중에서, 유일하게 내가 아버지의 뒤를 이어 바다와 인연을 맺어 지금까지 그 속에서 살고 있다.

내가 태어난 거제 일운면 소동리 고향은 뒤로는 옥녀봉이 병풍처럼 둘러싸였고, 앞으로는 능포항이 있는데 이곳에서 초연지기를 기르며 자연의 경이로움과 여유를 배울 수 있었다.

소동리에서 4살 때 아버지가 능포에서 어선 사업을 하셨기 때문에, 그곳으로 이사를 가서 초·중학교를 다녔다.

어릴 적 학창 시절, 수업을 마치면 친구들과 함께 먹감고 뛰놀던 그 시절이 지금도 생생하게 떠오르곤 한다.

이 시점에서 자연스럽게 떠오르는 노래가 '고향의 봄'이다.

"나의 살던 고향은 꽃 피는 산골

복숭아꽃 살구꽃 아기진달래

울긋불긋 꽃대궐 차린 동네

그 속에서 놀던 때가 그립습니다."

(이원수 시, 홍난파 작곡)

장승포 초등학교를 다닐 때, 집에서 학교까지는 빠른 걸음으로 30분이면 가는데, 나는 늘 느린 걸음으로 걸었다. 항상 걸으면서 풀과 나무와 대화하고, 구름과 이야기하고, 새들의 지저귐과 바람의 소리를 들으며, 시간 가는 줄 몰랐다.

내 고향 능포에는 봄이 되면 노란 개나리가 사방에 피어있어 주위를 물들이곤 했다.

겨우내 색을 잃은 듯한 메마른 가지의 나무들, 쓸쓸한 들판을 바라보다가 가장 눈에 잘 띄는 노란 개나리꽃을 보면 마냥 기분이 좋아지곤 했다.

집에서 30분 정도 걸어 학교까지 오갈 때면, 다리 운동도 되고 정신 운동까지 된다.

특히 비 온 후에 맑아진 파란 하늘을 바라보며, 심호흡을 하면서 꽃길을 걸으면 기분전환도 되곤 했다.

겨우내 초라한 모습으로 서 있던 나무들 옷 갈아입고, 소박한 시골 봄 처녀 같은 개나리, 화려한 붉은 옷 차려입은 진달래, 우아한 흰 드레스 걸친 목련 나무, 장미와 라일락 등을 바라보며 등하교 길을 걷노라면 시간 가는 줄 몰랐다.

봄의 색깔인 노란색은 밝음과 빛, 희망을 상징하는 색이다. 특히 시골에서 닭을 키우다 보니, 노란 병아리가 달걀을 깨고 새 생명이 탄생하는 순간을 보면 그렇게 좋을 수가 없다.

또한 비가 내린 후, 능포항과 언덕 사이에는 햇빛이 비치면서 파란 하늘에 왕 무지개나 쌍무지개 뜨는 것을 가끔 본다. 30초에서 1분정도 무지개는 뜨고 사라지지만, 그 여운은 마음에 오래 남아 기분이 좋아지곤 했다.

무지개는 본래 '언약'을 의미한다고 한다. 무지개를 바라보고 있으면 왠지 설레고, 마음이 희망으로 가득 찬다. 무채색의 비가 주룩주룩 내리는 것을 보다가 일곱 가지 밝고 따뜻하고 조화로운 무지개 색을 바라보고 있노라면 어린이나 어른이나 할 것 없이 모두 얼굴에 기쁨의 화색이 돌기 시작하는 것을 볼 수 있다.

능포항에 뜨는 무지개를 바라보면서, 어선 사업을 하고 계시는 아버지께 좋은 일이 많이 있기를 빌어보기도 했다.

우리가 살아가면서 부모님을 생각하고, 가족을 생각하는 것은 당연한 일이다. 부모님과 가족이 잘 되어야 내가 편하고 잘 된다고 알기 때문이다.

어느덧 세월이 흘러 겨울이 다가와 차가운 날씨가 이어져서 추워지면 옛날 온돌방 아랫목 생각이 떠오른다. 뜨끈뜨끈한 아랫목에 등을 대고 누우면 몸이 풀리고 마음마저 편안해지곤 했던 기억이 떠오른다.

외국인 기자도 그 당시 우리나라의 온돌에 대해 찬사를 아끼지 않았던 기사도 있다. 서방에서는 체험할 수 없었던 우리나라의 뛰어난 난방 시스템인 온돌의 따스한 기운에 반했다는 내용이다.

나는 어릴 적부터 걷기를 좋아했다. 왕복 등·하교 길에서 주변의 것들을 눈여겨보고 귀담아 듣는 걸 특히 좋아했다.

새들이 지저귀는 소리도 듣기 좋고, 하늘 위를 떠다니는 뭉게구름도 보기 좋고, 살랑살랑 불어대는 산들바람도 좋았다.

놀이터에서 들려오는 어린 아이들의 웃음소리도 좋고, 소꿉놀이 하는 모습도 더 없이 귀엽고 좋았다.

매화는 추워도 눈 속에 피어난다.

꽃이 피고 싶어 어찌 긴 겨울을 참아냈을까 궁금하다. 따사로운 기운이 땅바닥에 닿기가 무섭게 눈 속을 헤집고 꽃을 피워낸다.

봄의 선두주자로 추위와 한기를 털고 일어나, 지치고 메마른 가슴에 황홀한 빛깔과 꼿꼿한 자태로 신비스런 향기를 전해주니 고맙기 그지없다.

언제 보아도 마음이 변하지 않는 친구와 대화를 나누면 매향이 풍겨난다. 험난한 세상에 매향 향기 풍기는 친구 한 사람만 갖고 있어도 행복한 사람이라 하겠다.

초파일이 다가오면, 부처님을 쏙 빼닮은 꽃들을 떠올려 본다. 불두화(佛頭花), 부처손, 부처꽃, 지장보살을 바라보며 부처님 위상에 딱 맞는 이름과 의미를 부여해준 조상님들께 경외감을 드리곤 한다.

불두화가 푸른 5월을 만끽하고 있다. 이 꽃은 초파일을 전후해 피어나 볼수록 신통하다. 부처님의 곱슬한 머리를 닮아 불두화가 되었단다. 하얀 고깔 모양을 보고 스님들은 승무화(僧舞花)라 부르기도 한다.

불두화는 연초록색으로 피어난다. 연초록일 때가 가

장 풋풋하고 스님들이 출가해 처음 머리를 깎을 때의 모습 그대로다.

시간이 얼마쯤 지나면 하얀색으로 변한다. 스님들이 도를 닦아 마음을 비우고 무소유 경지까지 불심이 깊어가는 모습을 그대로 닮아가고 있다는 것이다.

애별이고(愛別離苦)란 말이 있다. 고통 중에 사랑하는 사람과의 이별만큼 더한 슬픔은 없다는 말이다.

누구든 좋아하는 사람과 영원히 함께 할 수 없는 이별이 기다리고 있다. 나와 같은 처지라고 할까. 부처꽃은 사랑의 슬픔을 품고 피어나 헤어짐을 준비하라는 암시를 주고 있는 꽃이라 한다.

하지(夏至)를 전후해서 감자를 캘 때면, 뻐꾹새 울음이 산마루를 돌고 돈다.

통감자를 껍질 채 한 소쿠리 쪄서 먹거나, 강판에다 감자를 갈아 대파와 고추, 애호박, 부추를 숭숭 썰어 넣고 감자전을 부쳐 먹은 기억도 아련하다.

가을이 되면 연못가에 작은 연꽃, 고마리가 피어난다.

더러운 물을 걸러내고 그 물을 마시고도 순수로 피어나는 고마리를 찾아 연못가로 간다.

나는 연꽃만 연못에서 피어나는 줄 알았다. 하찮고 귀찮게 여겨온 고마리 잡초가 연못이나 개울가에 피어나

보이지 않는 손으로 물청소를 하는 줄은 한참 후에 알았다.

내 어릴 때 겨울이 다가와 미나리 심는 곳이나 논배미에 찰랑이던 물이 얼어붙기 시작하면, 썰매를 타던 기억이 떠오른다.

아버지께서 손수 만들어준 앉은뱅이 썰매를 타고 씽씽 달리며 즐거워하던 그 해 겨울은 추위도 모르고 지나갔다.

또한 얼음판 위에서 달걀모양의 팽이로 시간가는 줄 모르고 팽이치기를 하던 그 때가 그립다.

팽이채를 돌려 매질을 해대면 팽글팽글 잘도 돌아가는 팽이를 신명나게 치다 보면 어느새 날이 어두운 줄도 모르고 친구들과 어울리던 그 때가 꿈속처럼 아른거린다.

장승포 초등학교 시절이 새삼 그리워지는 것은, 그 당시 가족들과 화목하게 지내면서 같이 뛰놀던 친구들이 있었기 때문이다.

그리고 빼놓을 수 없는 것은 주먹만한 붉은 석류가 주렁주렁 달렸던 석류나무와 채송화를 비롯한 각종 꽃들이 피어있는 꽃밭이 있어 집안 분위기를 꽃피웠다.

지금도 떠오르는 또식이, 중근이, 보안이, 성복이, 명호, 필선이……, 나보다 한두 살 많았던 태식이가 생각나곤 한다.

세월이 흘러 초등학교를 졸업하고, 집에서 2㎞ 떨어진 거제 중학교를 다녔다.

거제 중학교에 입학하고부터는 주위의 많은 친구들이 나를 따랐다. 나를 따랐기 때문에 무엇이든 챙겨주고 자연히 매사 앞장서서 친구들의 대장이 되었다.

2학년 때부터 권투도장에 다니면서 몸을 단련하다 보니, 더욱 자신감이 생겨 힘이 약한 친구가 놀림을 당할 때면 주저없이 나서서 도와준 것이 한 두 번이 아니었다.

어려울 때 친구가 진정한 친구이고, 힘들 때 도움과 용기를 주는 친구, 서로의 성장과 행복을 위해 함께 슬픔과 기쁨을 나누는 친구, 서로 격려하며 힘이 되는 친구가 진정한 친구라는 것을 일깨워주는 그런 시기였다고 생각한다.

지금은 어느 곳을 가든 도로에 포장이 잘되어 다니기 좋지만 그 시절에는 도로포장이 안 되어 날이 좋으면 흙먼지가 많이 날렸고, 비가 많이 오면 진탕이 되어 장화를 신고 다니곤 했다. 그래도 그때가 그리워지며 행복했던 시간이었다고 회상해 본다.

나는 1936년 생이다. 이 당시는 일제감정기라 격변의 시대라고 할 수 있다.

다들 어렵게 살아가는 삶이었지만, 나는 부모님 덕분에 별 어려움을 모르고 성장했다.

나는 권투도장에 나가 운동을 시작할 때부터, 체력상 자신감이 생겨 그때부터는 또래들과 싸움을 해도 겁이 없었다.

특히, 나는 남에게 지는 것을 싫어했다. 동년배 친구들에게 굴복해본 기억이 없고, 나보다 키가 크고 두서너 살이 위인 아이들도 예사로 때려눕혔다. 영락없는 골목대장이었다. 그렇지만 그런 나에게도 싸움을 하는 나름대로의 기준이 있었지 무조건 지기 싫어서 싸움을 벌였던 것은 아니다. 상대가 잘못했을 때, 잘못했으면서도 잘못했다고 인정하지 않을 때, 그럴 때라야 주먹을 휘둘렀다.

그리고 나는 주위 친구들에게 해코지를 하는 아이들을 용서치 않았다. 어린 나이였지만 정의(正義)에 대한 개념만은 분명했던 것이다.

초·중학교 학창 시절, 방학 때는 친구들과 산과 들 바다로 신나게 놀러 다니곤 했던 추억이 떠오른다.

부모님은 내가 개구쟁이인 것을 은근히 걱정했지만, 특별히 속상해 하며 공부하기만을 강요하지는 않았다.

잘 입히고 먹이면서 건강하게 자라기를 바랐고, 철들면 나아지겠지 하는 식이었다.

음력 1월 1일은 우리나라 고유의 명절인 설날이다.

설은 시간적으로는 한 해가 시작되는 새해 새 달의 첫 날인데, 한 해의 최초 명절이라는 의미를 담고 있다.

한편 설이란 용어는 나이를 헤아리는 말로 해석하기도 한다. 해가 바뀌어 새로운 한 해를 맞이하는 첫 날인 설을 쇨 때마다 한 살씩 더 먹는다. 설을 한 번 쇠면 1년이며, 두 번 쇠면 2년이 되는 이치에 따라 사람의 나이도 한 살씩 더 늘어난다.

결국 설이 사람의 나이를 헤아리는 단위로 정착하여 오늘날 살로 바뀌게 된 것이라 한다. 이밖에도 설이 새 해 첫 달의 첫 날, 그래서 아직 낯설기 때문에 설다, 낯설다 등에서 유래했다는 말도 있다.

우리네 설은 설 명절이라고도 하거니와 설 명절은 하루에 그치지 않는다. 설이란 용어 자체는 정월 초하룻날, 하루를 가리키는 말이지만 실제 명절은 대보름까지 이어진다. 그래서 설을 설 명절이라고 한다.

우리네 조상님들은 명절 중에서, 설날과 보름명절을 크게 여겼다. 설날은 한 해가 시작하는 첫 달의 첫 날로써 중요하며 보름명절은 농경성(農耕性)을 그대로 반영하여 중요하다.

곧 농업국가에서 보름달, 곧 만월은 풍요를 상징하기 때문이다. 한 해의 시작인 정월 초하루는 천지가 개벽될 때의 그 순간에 비유되어 최대의 날이 된다.

보름명절 가운데서도 정월 보름과 8월 보름 추석은 각별하다고 하겠다. 정월 보름은 첫 보름이라는 점에서 보다 중시되어 대보름명절이라고 한다. 8월 보름명절은 우리나라와 같은 농업국가에서 여름내 지은 농사의 결실을 보는 시기로 수확을 앞둔 명절이라서 큰 의미를 부여하고 있다고 하겠다.

명절이 가까워오면 동네 아줌마들이 돌아가며 한과품앗이를 한다. 찹쌀을 기름에 튀겨 유과를 만들고 고명을 발라내느라 분주하다.

마른 찹쌀과자가 기름 솥에서 발버둥 칠 때마다 고향 냄새가 물씬물씬 풍겨 나왔다.

한과는 예부터 다식 약과 등과 함께 잔칫상에 오르는 귀한 과자로 대접을 받아왔으나, 만드는 과정이 번거로워 여인들의 정성과 손끝 품이 많이 들어가는 작업이다.

설날이 오면, 아줌마들은 한과를 제사상에 올려 한 해의 풍년과 건강을 축원도 하고, 설 손님에겐 한 접시씩 수북이 담아 고향의 정을 느끼게 했다. 고향의 맑은 물과 청정 찹쌀로 빚어낸 아늑한 맛을 고향 떠나온 지 오래되다 보니, 이제는 그 맛을 찾기가 어렵게 되었다.

설날 아침에는 조상에게 차례를 지낸다. 차례는 종손이 중심이 되어 지내는데 4대조까지 모시고 5대조 이상은 시제 때 산소에서 모신다. 차례를 마치고 가까운 집안끼리 모여 성묘를 하는데 근래에는 설을 전후하여 성묘를 한다.

설날에는 다양한 풍습들이 있었는데 차례, 세배, 떡국, 설빔(새옷), 덕담, 복조리 걸기, 야광귀 쫓기, 윷놀이, 널뛰기 등이 그것이다. 이 중 대표적인 풍속으로 일컬어지는 것은 세배로 원래는 차례가 끝난 뒤에 아랫사람이 윗사람을 찾아다니며 새해 인사를 드리는 것이었다.

차례가 끝나면 집안 어른께 새해 첫인사를 드린 후, 아침식사를 하고 일가친척과 이웃 어른들을 찾아가서 세배를 드렸다.

세배를 받은 측에서는 어른에게는 술과 밥, 아이에게는 과일과 용돈으로 대접하며 정담을 나누었던 그때가 그립다.

알다시피 음력 1월 1일 설날과 8월 추석은 우리 대한민국 최대의 명절이다. 설날 아침이면 온가족이 모여 앉아 떡국을 먹던 추억과 8월 추석이 되면 햇쌀로 빚은 송편을 맛있게 먹었던 기억이 지금도 눈앞에 어른거린다.

어머니께서 생전에 저에게 하시는 말씀이 '바다에서 떠오른 해를 입안으로 삼킨 후, 나를 낳으셨다'고 말씀해 주셨다.

그래서인지 몰라도, 나는 바다와 인연이 깊다.

35년간 해외취업상선을 타고 미주·유럽·남미·아프리카 등 세계 도처를 다닌 것도 이러한 출생 태몽에 기인한 것이 아닐까? 가끔 생각해 본다.

근면하고 성실하셨던 부모님 덕분에 어릴 적 우리 집은 비교적 부유한 편이라 그 당시 장승포 초등학교, 거제 중학교를 다닐 수 있었다.

나는 거제중학교를 졸업하고 부산으로 가서 청구고등학교를 다니면서도 태권도 도장인 무덕관에 나가 계속 운동을 했다.

어느덧 군에 입대하기로 마음먹고 군대에 들어가 병장으로 제대한 후, 고향에서 1952년 7월 10일 실시한 제2대 민의원에 출마하신 이채오 후보를 도와 당선이 되어 서울로 상경해 이채오 의원 비서생활을 3년여 하다가 배를 타기로 결심하고 해외취업상선에 몸을 맡겼다.

나는 그간의 일들을 곰곰이 생각해 오다가, 나의 후손들도 행복하게 살아야 하기에 '꿈길 따라 살아온 나의 인생'을 정리하면서 나의 어린 시절과 그간의 생활을 피력(披瀝)해 보았다.

동생(정달학), 누님의 아들(이철조)과 함께
옥녀봉 앞에서

능포항 서편 방파제 앞에서, 동생(정달학)과 함께 찍은 사진

동생(정달학), 누님의 아들(이철조),
성태진 회장과 함께 능포항 서편 방파제에서

해인사 대적광전 문수보살

제4장
내 고향 거제의
이모저모

이성근李性根 화백 작품

내 고향 거제의 이모저모

내 고향 거제(巨濟)는 '클 거(巨)', '구제할 제(濟)'라는 이름에 걸맞게, 임진왜란과 한국전쟁의 위기에서 조선 백성과 대한민국 국민을 구했던 곳이다.

1592년 5월 7일, 이순신 장군이 이끄는 조선 수군이 현재의 거제시 옥포동 팔랑포 인근에서 식량 등을 노략질하던 왜적들을 격퇴한 이 승리는 임진왜란 발발후 조선의 첫 번째 승리인 것이다.

옥포대첩의 승전지에는 현재 옥포대첩 기념공원이 건립되어 있다. 공원 내에는 옥포대첩 기념관이 있는데 옥포대첩, 한산대첩 등과 난중일기의 내용이 설명되어 있다. 기념관 뒤쪽으로 산책로와 놀이기구가 설치돼 있어 가족단위 나들이에 안성맞춤이다.

내 고향 거제의 이모저모 중, 주요 몇 군데 살펴보고자 한다.

거가대교

내 고향 거제는 하늘과 바다가 맞닿은 곳이다.

부산과 연결된 거가대교는 파란 하늘과 바다 사이로 하얀 날개를 펼치게 만들어 주고 있다.

하늘과 바다 그리고 다리가 연출하는 경관이 너무나 아름다워 거가대교를 건너면서부터 감동이 솟아난다.

부산시 가덕도에서 경상남도 거제를 연결하는 총연장 8.2㎞의 거가대교에 대해 서술하고자 한다.

해상 물동량이 많은 부산 신항으로 진입하는 길목에 가설된 거가대교는 대형 선박의 통행이 빈번할 수밖에 없다. 특히 가장 수심이 깊어 주 항로부로 운용중인 LOT3의 경우, 초대형 선박들이 안전하게 통행하기 위해서는 경간장이 굉장히 큰 교량을 설치하거나 아예 바다 밑 바닥에 대형 박스 구조물을 설치해 차량을 통과시키는 침매 터널로 계획해야 한다. 초기 타당성 조사 시 경제성과 발주처와의 협의 과정에서 주 항로부인 LOT3에는 선박운항에 전혀 지장을 주지 않는 침적으로 주 항로(LOT1)에 비해 소규모 선박이 통항하는 주 예비 항로(LOT2)와 부 예비 항로(LOT1)에는 각각 2주탑 사장교와 3주탑 사장교를 건설하기로 계획했다.

교량 구간에서 이어지는 2개의 사장교는 닮은꼴의 곡선 주탑으로 같은 듯 다르게 계획해 이 도로를 이용하는 사람들에게 깊은 인상을 주고자 했다. 특히 4,000m에 달하는 해저 터널을 통과한 후 확 트인 바다와 함께 보이는 곡선형 주탑은 강렬하고, 장장 4,500m의 바다 위 드라이빙의 즐거움은 이곳을 찾는 이들만이 가질 수 있는 특권이다.

거제도는 대한민국에서 2번째로 큰 섬으로, 삼성중공업과 대우조선해양의 조선소가 있어 산업적으로도 활성화돼 있을 뿐 아니라, 섬의 남쪽에는 한산도 등 수많은 섬들과 함께 한려해상국립공원으로 지정되는 등 천혜의 자연 경관을 갖추고 있다. 이와 같이 경제적, 자연적인 장점을 갖추고 있음에도 불구하고 물류 이동이 가능한 육상 접근 도로가 서쪽에만 집중되어 있어 부산까지 약 2시간 50분 정도가 소요되는 등 접근성이 나빠 더 이상의 발전을 기대하기 어려웠다. 따라서 동쪽 가덕도를 통한 최단 노선의 도로 건설이 거제도민의 숙원사업이었으며, 부산~거제 간 도로의 완성으로 부산으로의 접근 시간을 2시간 가까이 획기적으로 줄임으로써 거제도의 경제적, 자연적인 장점을 백분 살릴 수 있게 되었다.

부산~거제 간 연결 도로 사업은 총 사업비 1조 4,469억 원이 소요되는 초대형 프로젝트였기 때문에 국가의 재정만으로는 완성하기 어려워 민간 사업자의 자본을 유치하는 민간 투자 사업(BTO 방식)으로 진행됐다.

민자 사업의 특성상 경제성이 중요하므로 국내 최초로 AASHTO(미국 도로교통 공무원협회, American Association of State Highway and Transportation Officials)의 LRFD(Load and Resistance Factor Design) 설계 기준을 적용했는데, 국내에 공식적으로 LRFD 설계가 적용된 시기가 2015년임을 감안하면 약 10년 정도 앞서서 적용된 셈이다.

시공 측면에서는 공사 기간을 줄일 수 있도록 설계와 시공이 동시에 진행되는 패스트 트랙(Fast Track) 개념과 대규모의 프리캐스트 공법(Precast Method)을 적용했다. 프리캐스트 공법은 구조물을 육상에서 미리 제작한 후 현장에서는 단지 조립만 하는 공법으로 공사 기간을 줄임과 동시에 위험한 바다 위에서의 작업을 줄일 수 있어 대형 공사에 많이 적용되는 공법이다.

부산~거제 간 연결 도로에는 국내에서 처음 시도해 보는 침매 터널이 있기 때문에 세계적 설계사인 덴마크 COWI가 주 설계사로 선정되었으며, 교량 부분은 국내의 DM엔지니어링(2주탑 사장교 구간)과 다산컨설턴트 (3주탑 사장교 구간)가 공동으로 설계를 수행했다.

가설 위치가 남해안 한려수도에 근접해 있어 경관이 수려하므로 교량 그 자체도 볼거리가 되도록 해 남해안 관광 인프라를 극대화할 수 있는 형식이 필요했다. 따라서 주탑과 부챗살 모양의 케이블로 다양한 개성을 나타낼 수 있도록 주 예비 항로(LOT1)에 2주탑 사장교를 도입했다. 그보다 작은 선박이 통과하는 부 예비 항로 (LOT1)에는 닮은꼴의 주탑을 갖는 3주탑의 사장교를 계획해, 2주탑 사장교와 이미지가 연속이 되면서 동시에 항로를 2개 확보할 수 있도록 하였다.

차량이 통과하게 되는 주형은 주경간장 300~600m 범위에서 가장 경제적인 강합성 에지 거더를 적용했다. 침매 터널과 연결돼 경사 길이가 길어지는 구간에서는 오르막 차로를 포함해 총 5차로로 되어 있다. 기술적으로 거가대교에는 국내에서는 처음 적용되는 플로팅 시스템(Floating System)을 도입했는데, 이는 주탑부에서 거더가 가로보 위에 놓이지 않고 떠 있는 구조로 거더의 부모멘트를 줄이고, 지진력을 저감할 수 있어 지진 시 안전성을 높일 수 있기 때문이다.

교량의 이미지를 결정하는 주탑은 여러 차례의 경관

자문회의를 통해 곡선형 다이아몬드 주탑으로 결정했다. 이때 도입된 주탑의 곡률은 자기 중량에 대해 인장력이 발생하지 않고 시공 시 표준적인 장비를 사용할 수 있도록 곡선 반경 350m로 설계했다. 또한 수심이 깊은 해상 교량에서는 기초의 규모를 줄이는 것이 중요한데, 다이아몬드형 주탑은 이런 의미에서 최적의 형식이라고 할 수 있다.

대형 해상 교량에서의 기초는 그 규모가 꽹장히 크기 때문에 어떻게 가설하느냐에 따라 공사의 난이도와 비용이 크게 영향을 받기 때문에 최초 계획 단계에서부터 가설 방법을 고려해야 한다. 거가대교의 경우, 침매 터널 가설을 위해 대형 제작장과 해상 장비가 구비돼 있기 때문에 이를 활용할 수 있는 대형 프리캐스트 기초를 적용하였다.

거가대교 시공에서 가장 특기할 만한 것은 대규모로 프리캐스트 공법이 적용됐다는 점이다. 일반적으로 교량에서 프리캐스트 공법이 적용되는 것은 연장이 긴 PSC(Prestressed Concrete) 박스 거더 교량을 시공할 때지만 거가대교처럼 사장교 주탑 기초를 포함해 대부분의 교각 기초는 제작장에서 케이슨을 제작하여 운송 후 거치하는 프리캐스트 공법이 적용된 경우는 거의 없었다.

프리캐스트 공법은 대규모의 제작장과 대형 장비를 이용한 운반이 필요하기 때문에 반복적으로 많은 부재를 제작할 경우가 아니면 경제성이 없으나, 거가대교의 경우 이미 침매 터널의 제작 및 설치를 위해 대규모의 제작장과 대형 장비가 투입되기 때문에 교량 구간에도 대형의 프리캐스트 공법을 적용할 수 있었을 것으로 판단된다.

접속교 케이슨은 인양 중량이 2,600t보다 작은 경우에는 육상 제작장에서 제작해 한 번에 가설 위치에 설치하지만, 이보다 무거운 경우에는 해상 크레인 용량을 감안해 케이슨 하부만 육상 제작장에서 제작하고 나머지는 해상 제작장으로 운반한 다음에 제작한다.

3,000t 해상 크레인을 사용한 접속교 케이슨의 인양 및 설치 공정에 대해 특히 주탑부 케이슨은 무게가 9,600t이나 되기 때문에 케이슨의 하부도 2개로 나누어 각각 육상 제작장에서 제작해 해상 크레인을 이용해 해상 제작장에 정밀하게 거치 후 상부 케이슨을 타설하게 된다. 완성된 케이슨은 플로팅 독(Floating Dock)을 사용해 현장까지 이동한 후 해상크레인을 이용하여 거치하게 되며 운송이나 거치 시 부력을 이용해 무게를

조절하게 된다. 운송이나 거치 시의 무게 및 해상 조건은 운송 시뮬레이션을 통해 결정한다.

해상 제작장에서 완성된 케이슨 기초를 실제 가설 위치에 정확한 레벨로 세팅하기 위해 기초지반을 정리한 후 패드를 놓고 그 위에 정밀하게 거치한다. 거치된 케이슨이 파랑에 최대한 저항할 수 있도록 하기 위하여 상부 콘크리트 슬래브 바로 아래까지 물로 채운다. 거치 작업이 마무리되면 가능한 빠른 시간 내에 수중 그라우팅을 실시하고 그라우팅이 마무리되면 케이슨 내부에 쇄석 채움을 조속히 실시한 후 상부 콘크리트 슬래브를 타설하게 된다.

거가대교에서 가장 주목할 만한 공법 중 하나는 프리캐스트 교각과 코핑의 적용이다. 해상 공사의 경우, 우물통을 프리캐스트 방식으로 시공하는 경우는 많지만 그 위에 올라가는 교각과 코핑을 프리캐스트로 하는 경우는 국내에서 처음 시도되는 공법이었다. 이와 같은 프리캐스트 공법의 내구성을 높이고 시공 오차를 줄이기 위해서 연결부 처리 방법에 세심한 신경을 썼다.

주탑은 표준적으로 4m 리프트를 갖는 클라이밍 폼(Climbing Form)으로 시공했다. 2주탑 사장교와 3주탑 사장교의 주탑 높이가 다르므로, 주탑의 2개의 기둥을 횡으로 연결하는 가로보의 개수도 각각 3개와 2개로 서로 다르다. 도로면 위쪽의 기둥은 안쪽으로 많이 기울어져 있으므로 시공 중에 기둥 안쪽을 임시 지지하는 템포러리 스트럿(Temporary Strut)이 적용됐다.

최대 90m 지간의 국내 최장의 소수 주형교를 적용한 접속교는 강형과 바닥판을 육상 제작장에서 일체화시킨 후 대형 해상 크레인을 이용하여 1경간씩 설치하는 바닥판 합성 대블록 가설공법을 적용했다. 바닥판과 강형이 일체화된 상태로 1경간씩 거치한 후에는 지점부(교각 위)에서 강재와 바닥판을 연결함으로써, 바닥판을 포함한 자중은 합성 단면으로 저항하고, 지점부 단면은 완공 이후의 하중만 저항하면 되기 때문에 경제적인 거더 단면을 계획할 수 있다. 이와 같은 구조적인 장점 이외에도 거더 제작을 위한 거의 모든 공정이 작업하기 좋은 육상 제작장에서 이루어지므로 품질 관리와 시공성이 크게 향상됐다.

거가대교 사장교의 주형은 12m 길이의 세그먼트(Segment)를 표준으로 하고 있으며, 4m 간격의 가로보 위에 육상 제작장에서 미리 제작된 프리캐스트 바닥판을 거치한 후 현장에서 콘크리트를 타설해 합성시키는 전형적인 강합성 에지 거더(Edge Girder) 사장교의 형태를 취하고 있다.

사장교의 특성상 처음 주형을 올려놓는 주두부 가설 단계는 불안전성이 큰데다 향후 가설될 주형들의 최초 위치를 설정하기 때문에 신중을 기해야 하는데, 이를 방지하기 위해 거가대교에서는 대형 해상 크레인으로 주두부를 일괄 가설했다. 표준 구간은 일반적인 켄틸레버 공법을 적용해, 데릭 크레인에 의한 인양 → 주형 연결 → 케이블 설치 및 1차 긴장 → 프리캐스트 바닥판 설치 → 현장 이음 콘크리트 타설 및 양생 → 케이블 2차 긴장 → 데릭 크레인 이동 순서로 진행됐다.

다른 사장교와 달리 거가대교에서는 시공 중 바람에 대한 안전성을 확보하기 위해 TMD(Tuned Mass Damper)라는 제진 장치를 도입하였다. 사장교와 같은 장대교량은 경간장이 길어질수록 바람에 취약하며 특히 가설 중에는 켄틸레버 구조가 되어 일반적으로 주형을 기초와 케이블로 연결하는 내풍 케이블 방식이 많이 적용되는데, 이 방식은 주형 아래의 공간을 제한하게 되며 선박 통과 시 끊어질 위험이 있으므로 3주탑 사장교 시공 시에는 내풍 케이블 대신 주탑 정상부에 TMD를 설치해 시공 중 바람에 대한 안전성을 확보했다.

거가대교는 외형상 국내 최대(완공일 기준)인 2주탑

사장교, 3주탑 사장교, 소수 거더교가 있어 상징적인 의미가 있으며, 기술적인 측면에서는 국내 최초의 LRFD 설계 도입, 국내 초대형 프리캐스트 공법 적용, 플로팅 시스템 반영 등 기존에 볼 수 없던 새로운 기술이 많이 적용돼 이 후 사장교의 설계와 시공의 모범이 되고 있다.

경제적으로 볼 때, 부산~거제권을 하나로 묶어 지역 경제 활성화의 계기를 만들었다. 그러나 시간이 지나면서 거제 경제의 부산 쪽 '빨대 효과'가 현실로 나타났다. 이는 거가대교가 1시간대 거리인 두 지역 간 교류를 촉진하는 교통로 역할을 하는 동시에, 거제시 입장에서 보면 경제적 '쏠림' 현상의 교두보 역할까지 하는 셈이다.

물론 거제시로 유입되는 외부 관광객 수가 많이 늘기는 했지만 그 효과가 점차 줄어들고 있으며, 많은 부분이 당일 관광에 그쳐 경제적인 효과는 그다지 크지 않은 것으로 보고되고 있다. 이와 같은 불균형은 향후 정책적인 보완을 통해 지속적으로 보완되어야 할 부분이다.

부산시 가덕도에서 경상남도 거제도를 연결하는 총연장 8.2㎞의 거가대교 전경

거가대교의 주탑 (심미성이 돋보이는 곡선 다이아몬드형 주탑)

거가대교의 일출 전경

거가대교의 일몰 전경

김영삼 전 대통령 생가

　한국의 제14대 대통령 김영삼이 태어나고 13세 때까지 성장한 곳이다. 거제시가 관광지로 조성하기 위해 허름했던 생가를 해체하고, 그 자리에 시 예산 5억원을 들여 2001년 새로 지었다. 대지는 566㎡로, 팔작지붕의 본채와 사랑채, 시주문과 돌담으로 구성되어 있다. 내부에는 초등학교 시절부터 대통령 재직 당시의 모습이 담긴 사진들이 걸려 있고, 기념품 판매장소를 비롯해 주차시설과 화장실이 있다. 마당에는 흉상이 있고, 김영삼이 직접 글씨를 쓴 현판과 액자들이 곳곳에 걸려 있다.

「김영삼 대통령 생가」 입구 표시판

김영삼 전 대통령 생가 정문

김영삼 전 대통령 생가 내부 전경

김영삼 전 대통령 방안 전경

김영삼 전 대통령이 직접 쓴 '대도무문' 휘호

흥남철수 히스토리 로드 조성

1950년 12월 25일, 피난민 1만 4천명을 태운 메러디스 빅토리호가 장승포항에 입항한 것을 우리는 알고 있다.

메러디스 빅토리호는 원래 화물선이었지만 흥남에서 레너드 라루 선장의 결단에 따라 무기를 전부 배에서 내리고 피난민을 태웠던 것이다. 당시 이 배의 정원은 60명이었는데, 이미 47명이 타고 있었기 때문에 원래는 13명만 더 태울 수 있는 상황이었음에도 기네스북에 등재될 정도로 많은 인원을 승선시켰다는 것이다.

현재 장승포동 662번지에는 흥남철수 히스토리 로드가 조성되어 있다. 주변 관광지로는 장승포 수변공원, 장승포 ~ 능포 해안도로가 있으며, 맛집도 많이 있는 것을 볼 수 있다.

피난민 1만 4천명을 태운 메러디스 빅토리호

살기 위해 흥남으로 달려온 수만 명의 북한 피난민

흥남철수작전 기념비

청마 유치환 시인의 생가

유치환 시인(詩人)은 1908년 8월 10일 거제시 둔덕면 방하리에서 태어났다.

깃발, 생명의 서, 행복 등 아름다운 시가 스피커로 흘러나오는 유치환 생가는 무료로 관람할 수 있다. 유치환 선생의 작품은 수능에도 단골손님으로 출제돼 수험생을 둔 학부모님은 참조하길 바란다.

청마 유치환 시인의
당시 모습

유치환 생가 주변에는 거봉포도 농장이 즐비하다. 둔덕골에서 나오는 거봉포도는 타 지역의 것보다 당도가 높고 포도 알이 야물다. 사서 드셔보시길 권하고 싶다.

청마 유치환 시인의 생가

이임춘 화백의 벽화 관람

　둔덕치안센터 벽에 그려진 이임춘 화백의 벽화 관람도 추천하고 싶다. 이 화백은 테어링 아트(Tearing Art)라는 새로운 장르를 개척한 세계적인 화가다.

　프랑스의 에블린 제니크(Evelyne Genique) 시인의 시집표지로 선정돼 화제가 되고 있다.

　에블린은 시집의 표지 디자인을 위해 이임춘 화백에게 여러 차례 문의를 했고, 이 화백은 문화교류 차원에서 별도의 비용이나 저작권과 관계없이 자신의 작품을 시집표지 디자인으로 사용하는데 승낙했다.

　이임춘 화백은 "에블린의 시집 표지에 거제의 테어링 아트가 프랑스 전역에 소개된 것을 계기로, 천만 관광을 꿈꾸는 거제와 프랑스의 문화예술 교류에 도움이 되었으면 한다."고 말했다.

　한편 거제경찰서는 경찰 공무원의 감수성 및 직무 만족도 향상을 위해 이 화백의 작품 10여 점을 경찰서 본관에 전시하고 있다.

이임춘 화백의 테어링 아트
(Tearing Art)

거제 백미 해금강

거제하면 해금강이다. 1971년 대한민국 명승 제2호로 지정되면서 해금강의 비경을 보기 위한 관광객의 발길이 줄을 이었고, 거제시를 연간 수십만 명이 찾아오는 관광도시로 만든 주인공이다.

거제도는 우리나라 제주도에 이어 두 번째로 큰 섬이다. 눈부신 해안선의 길이만 900리에 달하고, 크고 작은 부속 섬들과 쪽빛 바다가 그려내는 해안 경관이 감탄을 부른다. 그림 같은 바다 풍경 중에도 가장 아름다운 곳은 단연 해금강이다.

남부면 갈곶리 해안 바다에 우뚝 솟은 해금강은 깎아지른 절벽에 시간과 자연이 빚은 만물상이 새겨져 있고, 신랑신부바위, 병풍바위, 미륵바위, 촛대바위, 거북바위 등 아름다운 기암들을 거느리고 있다. 해금강 유람선 선착장은 해금강을 제대로 감상하려는 사람들로 사철 붐빈다.

쪽빛 바다 위를 시원하게 가르며 해금강 기암절벽들을 감상하는 일은 황홀하다. 유람선이 십자동굴 안으로 들어가면 사람들의 환호가 절정에 달한다. 좁디좁은 동굴 사이로 아슬아슬하게 배가 들어가는 것도 신기한 일이지만, 동굴 천장 위로 하늘이 열십자로 보일 때면 탄성이 절로 터진다.

해금강을 만나는 새로운 방법은 우제봉전망대에 오르는 것이다. 그곳에 서면 해금강을 가장 완벽하게 감상할 수 있다. 우제봉 정상은 해발 107m, 천천히 걸어도 30여 분이면 도착한다. 높지도 힘들지도 않은 길이라 아이부터 노인까지 부담이 없다.

해금강 매표소를 지나면 동백나무가 빽빽하고, 소나무 숲이 제법 깊다. 편안하고 완만한 숲길은 콧노래가 절로 나온다.

한낮에도 어둑할 만큼 울창한 원시림이 15분쯤 이어진다. 사람들의 발길마저 뜸한 숲길은 때로 전세를 낸 듯 독차지다. 맑은 공기를 맘껏 들이킬 수 있다.

바다의 금강산 거제 해금강 전경

해금강의 바위섬 전경

우제봉 전망대

우제봉 전망대를 오르지 않고 거제를 보았다고 자랑하지 말자. 이름만 들어도 가슴 설레는 명소가 수두룩한 거제지만, 우제봉 전망대를 빼고는 거제를 다 본 것이라 할 수 없다.

한려수도에 흩뿌려진 섬 중에 가장 빛나는 섬이라는 해금강이다. 울창한 동백 숲길을 지나 우제봉 전망대에 올라서는 순간 벅찬 감동이 몰려온다. 대·소병대도와 외도, 매물도, 서이말 등대까지 다도해의 비경이 한눈에 들어온다. 보이는 모든 풍경이 완벽하다.

숲길이 끝나면 가파른 바위벼랑이 등장한다. 하지만 나무 계단이 놓여 있어서 걱정할 필요 없다. 계단을 오르면 능선을 따라 갈림길이 이어진다. 숲길과는 달리 하늘이 열리고 바다가 훤하다.

능선 길 갈림길에서 우제봉 표지판을 따라 왼쪽으로 가면 우제봉 전망대가 우뚝 솟아있다. 전망대에 오르면 사방이 쪽빛 바다와 점점이 떠 있는 섬들이다. 해금강을 비롯해 외도와 내도, 대·소병대도와 매물도 등 한려해상국립공원이 한눈에 들어온다.

가장 가슴이 벅차오르는 것은 해금강이다. 팔을 뻗으면 손이 닿을 듯 눈앞에 가깝다. 땅이나 배 위에서 보던 해금강과는 사뭇 다르다. 짙푸른 바다 위로 두둥실 떠 있는 해금강과 그 위로 새파란 하늘이 드높다. 유람선이 하얀 포물선을 그리며 지나간다. 맑은 바람이 코끝을 스친다.

이곳은 일출·일몰을 모두 감상할 수 있는 명당으로, 1월 1일 전후에는 해금강과 사자바위 사이로 올라오는

우제봉 전망대의 전경

명품 일출로 유명하다. 전망대에는 포토존이 설치되어 있어서, 카메라 셔터만 누르면 해금강이 액자 속으로 쏙 들어온다. 누가 찍어도 완벽한 작품이 된다.

우제봉은 중국 진시황의 불로초에 관한 이야기가 전해온다. 진시황의 명을 받고 불로초를 찾아 떠난 서불 일행이 거제도에 잠시 머물렀었다. 그 징표로 우제봉 절벽에 '서불과차'라는 글을 새겼다 한다. 우제봉 전망대에서 본 해금강 풍경이야말로 불로장생의 명약이 아닐까 생각해본다.

우제봉 전망대의 여운을 안고, 차를 몰아 해안도로를 달려도 좋다. 동에서 해금강 입구까지는 '한국의 아름다운 길 100선'에 뽑힌 천혜의 드라이브 길이다. 해금강을 지나 여차고개로 향하면 대·소병대도와 매물도 등 해금강의 비경과 나란히 달리게 된다.

우제봉 전망대 모습

학동 몽돌 해변의 모습

거제도 바람의 언덕, 신선대 및 해금강을 관광할 수 있는 입구에 고즈넉히 자리잡은 흑진주 몽돌로 이루어진 맑고 깨끗한 해변이다. 다양한 빛깔과 모양을 한 조약돌이 빛나고 있어 맑고 푸른 바다와 어울려 이국적 정취를 만끽할 수 있다. 한려해상국립공원으로 지정되어 있으며 동백나무 산책길, 신선대, 바람의 언덕, 바람계곡, 해금강 등 수려한 경관이 펼쳐져 있어 한폭의 동양화를 연상케 하는 아름다운 해변이다.

해변 면적은 3만㎢, 길이는 1.2㎞, 폭은 50m로, 거제도 남쪽에 있다. 몽돌이 깔린 해변이 해수욕장으로 활용되며 학동몽돌해수욕장·학동해수욕장이라고도 한다.

해안가의 잔돌위를 넘나드는 파도소리가 아름답다하여 우리나라 자연의 소리 100선에 선정되기도 하였다. 바닷물이 맑고 깨끗하여 가족피서지로 적합하다. 이름의 유래는 학이 날아오르는 지형이라 하여 지어졌다. 해안을 따라 3㎞에 걸쳐 천연기념물 제233호인 동백림이 있으며, 세계 최대 규모의 팔색조 번식지로 유명하다. 해금강(명승 2)·외도 일대를 도는 유람선 관광을 할 수 있다. 이외에도 한려해상국립공원과 아비도래지(천

연기념물 227) 등 관광지가 많아 피서객 외에도 연중 관
광객으로 붐빈다.

학동 몽돌 해변의 모습

외도 보타니아

1971년에 당시 통영군 용남면과 거제군 사등면 사이의 견내량해를 잇는 거제대교가 세워졌다. 이 교량의 등장으로 인해 거제도는 섬 신세에서 완전히 벗어났다.

우리나라에서 두 번째로 큰 섬인 거제도는 한려해상국립공원을 동부와 남부에 끼고 있어 사철 아름다운 풍광을 자랑한다. 외도해상농원은 30년 전 한 개인이 섬을 사들여 정성을 들여 관광농원으로 꾸며, 현재는 약 4만 5천여 평의 동백숲이 섬 전체를 덮고 있으며, 선샤인, 야자수, 선인장 등 아열대식물이 가득하고 은환엽유카리,

외도 보타니아의 모습

스파리티움, 마호니아 등 희귀식물이 눈길을 끈다.

편백나무 숲으로 만든 천국의 계단과 정상의 비너스 공원도 이채롭다. 연산홍이 만발하는 4월에는 화려한 섬으로 변신하기도 한다. 동백, 대나무, 후박나무 등 자생식물로 이루어진 숲엔 동백새, 물총새 등이 둥지를 틀고 있다.

또한, 최근에는 공룡발자국 화석(지방문화재 204호)이 발견되어 이채롭다. 전망대 휴게실에서는 해금강을 바라보며 차를 마실 수 있고 악동들의 얄궂은 모습을 담은 조각공원, 야외음악당 등도 있다. 해금강과 연계하여 유람할 수 있으며, 숙박시설은 없고 간단한 식사를 할 수 있는 스낵코너가 있다.

거제 자연 휴양림

1993년에 개장하였고, 구역면적은 120㎡, 1일 수용 인원은 600명이다. 거제시청에서 관리한다.

해발 565m의 노자산 동쪽 중턱에 있으며, 완만한 경사지에 조성되어 있다. 휴양림 중간을 계곡이 가로지르고, 작은 소로가 거미줄처럼 연결되어 각 시설로 통해 있으며 노자산으로 이어지는 산책로와 등산로가 있다. 등산로를 따라 산행하는 중간에 경치를 볼 수 있도록 전망대를 설치하였고, 정상 전망대에 오르면 거제시와 한려해상국립공원, 해금강, 쓰시마섬[對馬島]까지 한눈에 들어온다.

휴양림에는 숲속의 집, 숲속수련장, 숲속교실, 텐트장, 야영데크, 전망대, 야외교실, 체력단련장, 어린이놀이터, 삼림욕장, 사방댐, 물놀이장, 목교, 오솔길, 잔디광장 등이 있다.

주변에 동백림(천연기념물 233)과 팔색조가 있는 해금강과 구조라해수욕장, 학동몽돌해변, 외도해상자연공원, 거제포로수용소(경남문화재자료 99) 등의 관광지가 있다.

거제 자연 휴양림 모습

거제 자연 예술랜드

　자연 예술랜드는 경상남도 거제시 동부면 구천리에 자리한다. 자연을 소재로 한 예술작품을 전시하는 자연 테마 예술공원으로 1995년 7월에 개관했다. 이곳은 한국 난과 수석계의 권위자인 능곡 이성보 선생이 설립했다. 3개의 전시실을 비롯해 목공예 전시실, 석림지실, 민속 전시관, 미니 동물원 등으로 구성됐다.

　3개의 전시실에는 풍란의 석부작과 목부작 400여 점, 수석과 정원석 500여 점, 식물과 돌로 자연의 경치를 연출한 실생 산수화 10여 점, 자연의 빼어난 경관을 대형 수반위에 연출한 분경 분화 50여 점 등이 전시돼 있다. 또한 동양과 서양의 난을 비롯해 야생화, 거제 자생식

거제 자연 예술랜드의 모습

물, 이성보 선생이 30여 년간 수집한 수석, 분재, 난도 볼 수 있다. '미니 장가계'로 불리는 석림지실은 1,300여 점에 달하는 입석이 다양한 식물과 돌에 숲을 이루며 전시돼 있다. 민속 전시관에서는 우리 민족의 생활과 역사를 느낄 수 있는 400여 점의 민속품과 고대 토기 등을 볼 수 있다. 목공예 전시실은 수백 년된 고사목을 다듬어 자연을 최대한 살려 만든 추상 예술품이 주요 전시물이다. 이 작품들에는 주로 느티나무 뿌리가 많이 사용된다.

지심도

지심도는 경상남도 거제시 일운면에 딸린 섬으로, 면적 0.35 6㎢, 해안선 길이 4㎞, 인구는 21가구 37명 (2015)이다.

지세포에서 동쪽으로 6㎞ 해상에 위치한다.

하늘에서 내려다본 섬의 모양이 '마음 심(心)'자를 닮아서 붙여진 이름이다. 거제의 장승포에서 도선으로 15분 거리에 있는 지심도는 섬 전체가 거의 동백나무로 뒤덮여 있다.

최근에는 관광객들이 많아져서 지세포에서도 도선이 다닌다. 너비 약 500m, 길이가 1.5㎞쯤 되는 지심도는 섬이 작다보니 상주인구도 37명 정도이다. 지심도는 다른 섬들처럼 기록에 남아 있는 역사는 길지 않다. 17세기 후반, 조선 현종 때부터이지만 현재 이 섬에 사는 주민들은 그들의 후손은 아니다. 김씨, 이씨, 박씨, 전씨, 황씨 등 여러 성씨들이 거주하고 있다.

지심도는 거제도에서 멀지 않은 곳에 있다. 접근성이 좋고 섬 전체가 마치 거대한 숲처럼 보일 정도로 각종 나무들이 빽빽하게 우거져 있다. 일제의 아픈 역사를 품고 있는 지심도는 울창한 숲이 하늘을 가리고, 철썩거리는 파도가 해안 절벽에 부서진다.

고요하고 아름다운 섬, 잊혀진 아픈 역사를 고스란히 가슴에 안고 있는 동백섬이라고도 부르는 지심도. '수줍은 봄'이 거제의 지심도에서 먼저 깃든다.

지심도의 상징인 동백꽃은 12월부터 피기 시작해 4월 하순이면 꽃잎이 떨어진다. 그래서 2월과 3월에 동백꽃을 구경하기 가장 좋다.

지심도의 여러 가지 식생 중에서 50-60% 정도가 동백꽃으로 채워진다. 봄이 되면 100년 이상 된 동백나무가 동백 터널을 만들어낸다.

지심도 둘레길은 동백꽃을 벗 삼아 천천히 산책하면 된다. 배에서 내리면 지심도 곳곳을 이어주는 둘레길이 만들어졌다. 여기저기 길가에 떨어진 동백꽃과 나뭇가지에 매달린 동백꽃은 관광객들의 마음을 붉게 물들인다.

배에서 내려 가장 먼저 섬을 올려다본다. 한낮에도 커다란 동백나무가 내리쬐는 햇볕을 가려주는 천연파라솔 역할을 한다. 이런 정도의 동백나무라면 아마도 수백 년을 성장했을 것이다.

이곳에서 자라는 식물은 동백나무를 비롯하여 소나무, 후박나무, 거제 풍란 등 모두 37종에 이른다고 한다. 마을로 들어가는 입구부터 나무들의 터널이 시작된다. 동백나무, 소나무, 후박나무 등의 상록수가 울창한

지심도 전경

모습이다.

가난했던 시절, 대부분 지역은 산이 벌거벗을 정도로 벌목을 하여 땔감으로 사용하였다. 그러나 지심도의 소유권자가 국방부였기 때문에 나무들을 함부로 벨 수 없어서 오늘날까지 이렇게 울창한 원시림을 이루게 되었다. 국방부가 섬의 주인이었다는 게 주민들에게는 불편했지만 나무들에게는 커다란 행운이었다.

섬이 작고 경사진 까닭에 차가 다닐 수 없다. 유일한 운송수단은 4륜 오토바이들이다. 가파른 길이어서 그냥 맨몸으로 올라가도 숨이 찬데 주민들은 가스나 무거운 짐을 지게에 지고 머리에 이고 다녔단다. 지금은 문명의 혜택을 받아 4륜 오토바이가 대신해 준다.

선착장에는 배가 한 척도 없다. 수심이 워낙 깊어서 섬에 방파제가 없다. 바람이 많이 불면 기댈 곳은 선창인데 배석이 없으니 어업이 발달하지 않은 곳이다.

배에서 내려 오솔길을 따라서 조금 올라가면 이미 폐교가 된 분교가 가장 먼저 나타나고, 그 앞에는 지심도라는 표지석이 서 있다. 손바닥 크기의 작은 운동장에 교실이 한 두 개였을 것이다. 폐교를 지나 조금 더 가면 천주교 지심도 공소가 나타나고 그곳으로 오르는 계단에 성모상이 반갑게 손님을 맞이한다. 콘크리트로 포장된 도로를 따라 올라가면 아름다운 소나무가 우뚝 선 공터에 이른다. 여기가 국방연구소이다.

　지심도는 일본과 가까운 곳에 위치하여 일제시대 일본 해군기지로 사용되었는데 해방 후 진해 해군통제부 소유로 관리 전환되었다.

　현재 국방과학연구소가 들어서 있다. 이곳에서 능선길을 따라 북쪽으로 조금만 더 걸어가면 우거진 동백숲에 막혀서 잘 보이지가 않던 동쪽의 푸른 바다가 나타난다. 좁다란 오솔길을 가다보면 일본군이 포대로 사용하던 곳이 나타난다.

지심도 해안 모습

1937년 10월 지심도가 일본군의 해군기지로 사용되면서 가난하고 힘이 없는 주민들은 1936년 일제에 의해 강제로 쫓겨났다. 『거제문화』 지심도 편에 따르면 특히 진해사령부 기지로 지정되어 지심도 주민들은 지세포 선창마을과 대동마을로 강제 이주를 하게 되었다.

그 당시 해군부대는 1개 중대의 부대에서 전쟁 말기에는 군함 2척, 육군 특전대 군인 320명 등으로 증원되었다. 지심도의 발전소 자리에 '진해요항사령부 근거지'라는 표지석이 있어 부대설치 시기를 짐작할 수 있다.

지심도는 일본 해군기지로 바뀌면서 군막사, 발전소, 병원, 배급소, 식당, 포대, 방공호 3곳, 대포를 보관하던 곳이 있으며 대포를 쏘기 위한 장치인 방향 지시석도 남아 있다. 그 방향이 남쪽은 해금강, 북쪽은 부산과 진해, 동쪽은 대마도로 나누어져 있다. 그 당시 통신대 지휘소 등이 있었는데 1945년 6~8월에 미군 폭격으로 파괴된 것으로 알려졌다.

또한 해방과 동시에 지심도 주변에서 미국 공군과 일본 해군이 혈전을 벌이기도 했다고 한다. 그때 폭격을 하던 미군 전투기를 향하여 대공포를 쏘면서 대항한 흔적이 그대로 남아 있는 곳이다. 지심도 동쪽 끝에는 울창한 숲길이 있는데 일본군들이 경비행기를 타고 내리기 위해서 만든 활주로였다. 지금은 헬기장으로 사용하고 있다.

지금 지심도에는 1937년 당시 건축된 주택도 여러 채가 있다. 그들이 만든 주택은 일반 구조 다다미 방 2개, 욕실, 부엌으로 되어 있다. 지심도는 1945년 해방이 될 때까지 8년 동안 일본군들이 주둔해 있었고, 해방 이후에는 다시 사람들이 교체되어 들어와 살기 시작했다. 내무부 '도서지'를 보면 1973년도에 19가구 126명, 분교생이 35명으로 나와 있다.

아름다운 동백섬인 지심도는 아픈 역사를 품고 있다. 이 섬에는 지금까지 일제가 남기고 간 흔적과 상처들이 곳곳에 널려 있다. 섬 여기저기 피어나는 야생화와 해변의 용바위, 형제바위, 마당바위 등 기암괴석들로 가득차서 가파른 절벽의 해안절경을 감상하는 낭만이 있다. 이곳을 찾는 관광객 중에는 낚시꾼들도 많다. 섬 주변 어디든지 낚싯대만 내리면 감성돔, 도다리, 볼락 등이 올라온다.

옥포대첩 기념공원

넓이는 10만 9398㎡이다. 임진왜란 당시 전라좌수사였던 이순신 장군이 경상우수사 원균과 함께 옥포만에서 왜선 50여 척 중 26척을 격침시킨 옥포대첩을 기념하여 조성하였다.

옥포해전은 임진왜란 당시 조선의 첫 승첩으로 이후의 전황을 유리하게 전개시키는 계기가 되었다. 1957년 6월 12일에 기념탑을 세웠으며, 1963년에는 옥포정을 완공하였다. 1973년에 옥포조선소가 들어서며 기념탑과 옥포정을 아주동 탑곡마을로 이건하였다. 그러나 주변이 협소하여 1991년 12월부터 현 위치에 재건하기 시작하였다. 높이 30m의 기념탑과 참배단·옥포루·팔각정·전시관 등을 건립하여 1996년 6월에 개원하였다.

이중 '충(忠)' 자를 형상화한 참배단에는 이순신 장군의 영정이 있다. 전시관은 옥포해전 당시의 해전도 등 이순신 장군과 관련된 유물을 전시하며, 옥포루는 전망대를 겸하고 있는 팔각 정자이다.

공원에서는 매년 이순신 장군의 제례행사가 열리며, 6월 16일을 전후하여 약 3일간 거제 옥포대첩축제가 열린다. 개원시간은 오전 9시부터 오후 6시(동절기는 5

시)까지이며 어른은 1,000원, 어린이는 400원의 입장료를 받는다.

인근에 옥포랜드와 덕포해수욕장·대금산 등의 관광지와 장목진객사·구영등성·구율포성·이수도패총 등의 유적지가 있다.

옥포대첩 기념공원의 모습

양지암 등대

경상남도 거제시 능포동에 있는 등대로, 옥포항을 지나는 선박을 위하여 1985년부터 운영해온 무인등대이다.

능포 양지암 조각공원의 모습

능포방파제와 1㎞정도 떨어진 곳에 있으며 거제도 양지암 등대, 능포 양지암 등대라고도 불리운다.

거제도 가장 동쪽 끝자락인 능포항 해안에 우뚝 솟은 바위인 양지암에 세워져 있다. 등대까지 오르려면 가파르고 긴 계단을 올라서야 하며 등대 옆쪽으로 망원경이 설치되어 있다. 절벽 끝에 세워져 있는 등대이기 때문에 바다전망이 좋은 곳으로 유명하며, 서이말등대와 함께 거제도에서 사람들이 많이 찾는 등대이다.

2016년에는 등대주변을 포함하는 국토생태탐방로인 양지암 등대길을 조성하였으며 탐방로는 17.2㎞에 이르는 해안도로로 7시간이 소요되는 코스이다.

매년 5월마다 양지암 등대길 걷기대회가 열리고 있다. 인근에는 양지암 조각공원과 양지암 장미공원이 있다.

거제 조선해양문화관

사람들은 언제부터 배를 타기 시작했을까? 배는 어떻게 만들어지고 어떻게 움직일까? 맨 처음 만들었던 돛은 어떻게 생겼을까? 잠수함은 어떻게 만들어졌을까? 이런 의문들을 한자리에서 해결해주는 곳이 있다. 거제시 일운면 지세포에 있는 조선해양문화관. 선박의 역사에서부터 첨단 조선기술까지 조선해양의 모든 것을 살펴볼 수 있는 테마파크다.

어촌민속전시관과 조선해양전시관으로 구성되어 있으며 각각 독립된 건물에서 전시가 이루어지고 있다. 어촌민속전시관에서는 '전통의 바다', '생활의 바다', '부흥의 바다', 그리고 '체험의 바다' 등 4개의 주제로 나뉘어 전시되고 있다.

'전통의 바다'는 고대로부터 이어져 온 거제의 역사적 연대표를 전시하고 있고 기복 지도와 영상물을 이용하여 거제의 수산업을 볼 수 있다. '생활의 바다'에서는 잊혀져 가는 어구·어법, 어촌의 생활모습, 어선의 변천과정 등을 전시하고 있다.

'부흥의 바다'에서는 한국 조선산업의 중심지이면서 천혜의 수산자원을 간직한 거제도의 미래를 보여준다. 그리고 '체험의 바다'는 3차원 시뮬레이션을 통해 거제도의 해저세계와 해양오염의 심각성을 체험할 수 있도록 구성되어 있다.

조선해양전시관의 전시실은 '유아 조선소/해양학습실', '제 1도크 선박역사관', '제 2도크 조선기술관', '제 3도크 해양미래관' 등으로 구성되어 있다.

'유아 조선소/해양학습실'은 어린이들에게 배의 기본 원리 및 항해 체험 등을 통해 배에 대한 궁금증을 풀어

거제 조선해양문화관 전경

주고 호기심을 유발시킬 수 있는 학습의 장으로 구성되어 있다. '제1도크 선박역사관'에는 선사시대의 배에서부터 동력으로 움직이는 현대의 배에 이르기까지 인류의 역사와 함께 했던 배 이야기가 소개되어 있다.

'제2도크 조선기술관'은 조선소의 입지 여건, 시설 및 건조 방식 등을 쉽게 이해할 수 있도록 꾸며져 있으며, 선박의 설계부터 진수(進水)까지의 모든 과정을 영상과 모형을 통해 한 눈에 볼 수 있도록 구성되어 있다.

거제 조선해양문화관 모형도

그리고 '제 3도크 해양미래관'에는 미래 해양도시, 해양 탐사기지 건설, 해양구조물을 통한 해양 공간 이용 및 해양자원 개발 등 미래의 성장 동력 근원지, 해양의 무한한 가치를 개발하여 해양강국으로 나아갈 수 있는 가능성 등이 소개되어 있다.

그중 4D 영상탐험관은 어린이들에게 가장 인기 있는 곳이다. 위그마린호에 올라 특수 안경을 쓰면 거제 앞바다를 탐험할 수 있는 영상탐험관이다. 1층에는 더 어린 친구들을 위한 특별한 공간이 있다. 배를 테마로 한 놀이터, 유아조선소다. 놀면서 배가 움직이는 원리를 배울 수 있고, 누르기만 하면 화면이 움직이며 배가 만들어지는 과정을 볼 수 있다. 옥상전망대로 올라가면 거제의 바다를 한눈에 볼 수 있는 아늑한 휴식공간이 마련되어 있다.

칠천도 크루즈

칠천도는 경상남도 거제시 하청면에 있는 섬으로, 장목면 해안에서 서쪽으로 0.7㎞ 지점에 있다. 면적은 9.87㎢이고, 해안선 길이는 36.9㎞이다. 2000년 1월 1일에 칠천연륙교(길이 455m)가 완공되어 거제도와 연결되었다.

명칭의 유래를 보면 예로부터 옻나무가 많고 바다가 맑고 고요하다 하여 칠천도(漆川島)라 불려오다가, 섬에 7개의 강이 있다 하여 칠천도(七川島)라 해서 현재에 이른다. 칠천도는 1012년(고려 현종3) 목장을 두었다는 기록이 있다. 칠천도 어온리 물안마을과 맞은편의 거제도 송진포 사이의 해협에서 임진왜란 당시 조선수군이 전투에서 패전한 곳으로 칠천량해전이 벌어졌던 곳이기도 하다.

거제의 크고 작은 66개 섬 가운데 거제도 다음으로 큰 섬이 칠천도이다. 거제도가 1971년 4월에 거제대교의 개통으로 육지와 한 몸이 되었듯이, 칠천도 역시 2001년 1월 연륙교의 개통으로 '섬이 아닌 섬'이 되었다. 칠천도는 예로부터 해산물이 풍부해 황금어장을 의미하는 '돈섬'으로 불렸다. 현재 1,300명이 살고 있으며, 일주도로가 16㎞에 이르러 고즈넉한 풍경이 매력적이다.

'칠천도 처녀가 시집갈 때까지 쌀 서 말을 먹지 못 한다'는 말이 있을 정도로 논보다는 밭이 많다. 칠천도는 3개리 10개 마을로 구성되었으며, 섬 주변으로 해안도로가 잘 건설되어 있어 도보와 자전거 하이킹족들에게 인기 좋은 장소이다.

칠천도의 중심에는 옥녀봉이 있다. 옥녀봉 정상(232.2m)에서 보는 조망 역시 좋다. 거제도의 수려한 섬은 말할 것도 없고, 마산의 저도 연륙교나 부산 쪽의 바다 풍경이 한눈에 다가온다. 칠천도는 일출과 일몰을 동시에 감상할 수 있는 섬이다. 동쪽에 있는 장안, 어론, 조골, 물안마을에서 해 돋는 모습을 볼 수 있고, 서해안을 따라 위치해 있는 송포, 황덕, 연구, 금곡마을에서는 일몰을 감상할 수 있다.

하청의 실전마을에서 칠천대교를 지나면 삼거리가 나온다. 장안마을이다. 여기서 오른쪽으로 내려가면 칠천교 아래 나루터로 유람선이 닿는 선착장이다. 크고 작은 두 척의 크루즈유람선이 정박해 있다. 장안마을은 여느 어촌마을과 별반 다를 게 없다. 크고 작은 배들과 낚시꾼들 그리고 방파제를 가득 채운 승용차들. 칠천도 역시 언덕이 많은 섬이다. 칠천도에는 바닷가를 따라 해안을 일주할 수 있는 도로가 깔려 있다. 서쪽으로 해안도로를 타고 가면 남쪽에 위치한 옥계마을에 닿는다.

옥계마을은 행정안전부에서 '2009~2010년 참 살기 좋은 마을'로 선정되기도 했다. 마을 바로 앞에는 씨름섬과 등용도라는 무인도가 보인다. 작은 것은 등용도이고, 그 오른쪽의 제법 길게 생긴 섬은 씨름섬이다. 일본 군이 주둔했다는 섬이다. 여기서 조금 더 가면 옥계해수욕장과 칠천량해전공원이 나온다. 해안도로에서 공원으로 가는 길목 왼쪽 언덕 위에는 정자쉼터가 있다. 이곳을 지나면 제법 넓은 주차공간이 있다. 바로 앞 언덕 위에는 공원이, 아래쪽에는 주차장과 접안시설이 있다.

남해 끝자락에 자리하고 있는 거제도는 조선업과 해양관광도시로서 역동적으로 변모해 가고 있다. 그러나 역사적인 아픔이 2개나 묻어있는 곳이다. 현대 역사에서 가장 불행을 안겨준 6·25전쟁을 통해서 만들어진 거제도 포로수용소이다. 또 다른 역사의 그늘은 임진왜란 때 조선수군이 왜군에게 최초로 패전한 곳이기 때문이다. 그 참혹한 전쟁의 역사를 뚫고 이제 거제도와 칠천도는 발전의 발전을 거듭하고 있다.

칠천도 연륙교 앞에는 조그마한 공원이 있고 왼편으로는 여러 개의 비석들이 세워져 있다. 오른쪽에는 칠천량 해전의 기념비가 세워져 있다. 그리고 칠천도의 옥계마을 주위에는 이순신 장군을 기념하는 '칠천량해전공원'이 있다. 칠천량해전공원은 경상남도의 이순신프로젝트 28개 사업의 하나로 임진왜란 당시 칠천량해전 전몰수군의 명복을 기리는 한편 역사관광자원으로 활용되고 있다. 이 공원은 부지 12,519㎡, 연면적 1,128㎡ 규모로 전시실, 위령조형물, 편의시설 등을 설치하여 2013년 7월 완공되었다.

모든 공원은 밝고 즐거운 곳으로 생각된다. 그러나 이스라엘의 통곡의 벽이나 폴란드의 아우슈비츠 수용소는 전쟁의 상흔이 깃든 곳이지만 세계적인 명소로 수많은 사람들이 찾고 있다. 우리도 부끄러운 역사가 담긴 기념물이 몇 개 정도 있어야 할 것이다. 거제시는 1592

년 임진왜란 발발부터 1598년 정유재란이 끝나는 시점까지의 역사를 자세히 담아내려고 노력했다. 원균이 지휘한 이곳에서 조선수군이 왜군에 의해 궤멸되어 패전했다는 수치스러운 기념탑인 것이다. 차라리 그 기념탑과 조선수군의 위령비를 동시에 세웠어야 하지 않겠는가. 내용을 살펴보면 다음과 같다.

칠천량해전은 1597년(선조30년) 음력 7월 16일 거제 칠천도 부근에서 벌어진 치열한 전투이다. 당시 삼도수군통제사 원균이 지휘하던 조선수군은 7월 14일 가덕도와 영등도 등에서 일본군의 습격으로 손실을 크게 입고 후퇴하여 7월 15일 밤에 이곳 칠천량에 정박하였다.

이튿날인 7월 16일 새벽, 다시 일본수군 600여 척의 기습 공격으로 조선 수군은 160여 척을 잃었고 전라우수사 이억기, 충청수사 최호 등 조선 장수들이 장렬히 전사하였으며, 원균 또한 고성으로 퇴각하다 육지에서 전사하였다. 이 해전의 패배로 남해안의 제해권을 일본에 빼앗기자 조선 조정은 초계(현 합천군 율곡)의 권율 도원수 휘하에서 백의종군하던 충무공 이순신을 다시 삼도수군통제사로 임명하여 제해권을 회복하도록 하였다.

칠천도는 임진왜란 이후에 유명해진 섬이다. 임진년 7월 9일 전쟁 중 칠천량이 처음으로 등장한다. 우리 수군

칠천량해전 표지석

은 부산 가덕도 해상으로 이동 중 왜선 42척이 안골포(진해시 안골동)에 있다는 정보를 입수하였다. 이순신 장군의 '난중일기'에 장목면의 장목진객사에서 안골포해전을 협의하였다는 기록이 나온다. 다음날 벌어진 안골포해전에서 250명의 왜군을 죽이고, 그들의 왜선은 대부분 불타고 파괴되었다.

그로부터 5년이 지난 1597년 7월에 원균은 이순신 다음으로 수군통제사가 되어 칠천량 전투에서 패하고 만다. 전투를 하기에 불리한 칠천도 해전에서 주요 해군

지휘관들이 전사한다. 남은 12척으로 1597년 음력 7월과 9월 사이에 이순신 장군은 울돌목에서 일본 수군 133척의 공격을 물리친다. 단 두 달 사이에 일어난 일이다.

그동안 우리는 늘 성공과 승리에만 목을 매고 살아온 게 사실이다. 한번쯤 과거를 뒤돌아보고 반성하게 만드는 곳이 칠천량의 해전공원이다. 임진왜란 중에 영광과 아픔을 동시에 안겨 준 칠천도 바다는 그 때를 아는지 모르는지 해류를 따라 말없이 흐르고 있다.

공원 입구에서 서쪽으로 이어지는 해안도로를 걷다보면 보건지소에서 출장소까지 이어지는 곡선의 해안도로는 왼쪽은 바다, 오른쪽은 밭이 있는 전형적인 어촌 마을길이다. 이어 조금 더 가면 출장소에 닿는다. 출장소 옆에는 성당이 있다. 그리고 그 앞으로 뻗어 나온 짧은 방파제도 있다. 옆으로는 큰 배가 한 척 있다. 325t급 해상시험선 '선진호'다.

선진호는 1993년 4월 취역해 해양무기 체계 개발과 해상시험 업무를 지원하면서 총 24만㎞를 항해한 뒤 2012년 6월 퇴역했다. 알루미늄 선체의 반잠수 쌍동선형인 이 선박은 전장 32.5m, 폭 15m, 높이 17.5m 규모로 당시 67억5000만 원을 들여 현대중공업이 건조했다. 국방과학연구소가 보유하고 있는 배로 1998년 국산무기로 개발된 어뢰 백상어와 청상어 등을 시험한 바 있다. 칠천량 해전공원과 연계해 국방과학연구소가 '공공목적 활용' 조건으로 지난해 7월 거제시에 무상으로 양도했다.

옥계마을에서 조금 더 가면 길은 오른쪽으로 부드럽게 꺾이면서 바로 앞에 마을이 보인다. '금곡마을'이다. 거문고등이 있는 마을이라고 해서 붙여진 지명이라고 한다. 반원형의 호안을 가진 이 포구에는 두 개의 방파제가 있고 동방파제 너머로 공장이 있다. 해안도로를 따라 계속 오르면 오른쪽에 학교가 보인다. 칠천초등학교다. 제법 넓은 운동장을 가진 이 학교는 1층과 2층 규모의 두 개의 큰 교사를 갖고 있다. 여기서 해안을 따라 이어지는 드라이브 코스로도 적격인 길을 3분 정도 달리면 연구마을에 닿는다.

연구마을회관, 왼쪽으로 산으로 오르는 길이 있고 그 옆으로 내리막 포장도로가 있다. 포구로 이어지는 길이다. 연구마을은 마을회관 아래쪽에 위치해 있다. 내리막길을 통해 내려가면 조그마한 포구가 있고, 이곳에 배들이 제법 정박해 있다. 이곳에 있는 배들은 그런 대로 큰 배들이다. 어장관리선이 아닌 고깃배로 보인다. 이곳에는 집은 없다. 어구시설들로 가득찬 어부들의 작업장이다. 이곳 방파제에서 맞은편으로 붉은 다리가 있다. 왼쪽에 있는 섬이 황덕도인데 그 섬과 연결된 다리다.

다음으로는 대곡마을을 둘러보면 좋다. 이 마을은 칠천도에서 가장 커다란 마을이란 뜻에서 '대곡(大谷)'이라는 이름을 붙였다. 한때 칠천도의 중심지 역할을 한 마을이다.

마을에는 1994년 폐교된 칠천초등학교가 있는데 지금은 부산대학병원 연수원으로 변했다. 1941년 5월 문을 연 칠천초등학교는 1885명의 학생을 배출했다는 교적비가 교문 앞에 세워져 있다. 대곡리 삼거리에서 왼쪽으로 난 길을 가면 황덕선착장에 이른다.

여기서 나와 다시 해안도로를 타면 송포마을이 나오고 이 곳을 지나면 '물안해수욕장'으로 향한다. 섬 일주도로 가운데 그동안 비포장이었던 송포마을 길은 말끔하게 포장되어 있다. 몇 개의 오르막과 내리막을 지나면 저 멀리 제법 넓은 백사장이 나타난다. 대곡마을에서 물안해수욕장 가는 도로는 굿등산을 끼고 이어진다. 굿등산(159.4m)은 물안마을 뒷산의 산중턱에 널찍하게 자리잡았는데, 이곳에서 마을사람들이 평안과 풍어와 안전을 비는 굿을 많이 했다고 하여 '굿등산'이라 전해진다.

옥계해수욕장과 달리 물안(옆개)해수욕장은 넓지만 북쪽에 위치해 있어 햇살이 덜 들어온다. 길이 200m, 너비 30m로 규모는 작지만 그늘이 풍성한 솔밭에 누워 바다를 보는 재미도 있다. 고요한 바다, 고운 모래사장이 매우 인상적이다. 그러나 철 지난 해수욕장은 찾는 이도 것의 없어 쓸쓸하기만 하다.

송포마을을 지나면 오른쪽으로 '수야방도'가 보인다. 수야방도는 물이 빠졌을 때 모래가 드러나는, '모세의 기적'이 일어나는 곳이다.

대곡에서 왼쪽으로는 어온리가 있다. 물안해수욕장에서 남쪽 해안도로를 타면 만나는 그 지점이다. 물안마을과 어온마을 중간지점에 길이 만나면서 해안도로는 어온마을을 지나 다시 장안마을에 닿는다. 중간에 만나는 마을인 어온마을에는 선착장과 물양장(30m)이 새로 조성되어 있다.

칠천도 크루즈의 모습

미남크루즈

미남크루즈는 가조도에서 신거제대교를 지나 저도(거가대교)를 운항하는 크루즈이다.

미남크루즈 선착장 주변은 오랫동안 우범지대로 남아 있었다. 대책마련이 필요하다는 지적에도 방치한 거제시와 경찰로 인해 결국 살인사건 현장으로 전락하게 되었다

지난 일이지만, 20대 남자인 A씨가 묻지마 폭행으로 B(58여)씨를 때려 숨지게 한 사건이 뒤늦게 알려진 것이다.

창원지방검찰청 통영지청에 따르면 A씨는 미남크루즈 선착장 근처 주차장에서 폐지를 줍던 B씨의 머리와 얼굴 부분을 수십 차례에 걸쳐 폭행했다. 이후 피해여성을 끌고 가 하의를 벗긴 채 그대로 달아났다. A씨는 병원으로 옮겨졌지만 뇌출혈과 다발성 골절 등으로 끝내 목숨을 잃었다.

사건 당시 행인 3명이 이 광경을 목격하고 경찰에 신고하면서 A씨는 붙잡혔다. 경찰 조사에서 A씨는 당시 술에 취해 구타 이유 등이 기억나지 않는다고 진술한 것으로 알려졌다. 이에 따라 경찰은 고의성이 없는 폭행치

사 혐의로 검찰에 넘겼다.

하지만 검찰(형사1부 부장검사)은 범행 장면이 담긴 주변 폐쇄회로 카메라를 정밀 분석하고 A씨가 폭행 직전 휴대전화로 '사람이 죽었을 때, 사람이 죽었는지 안 죽었는지' 등을 검색한 것을 확인하는 등으로 미뤄 볼 때 고의성이 충분하다고 판단해 살인혐의로 구속기소 했다.

피의자 A씨는 키가 180cm가 넘는 건장한 체격인 반면 숨진 B씨는 130cm가 넘는 정도의 키에 체중도 31Kg에 불과할 정도로 작은 몸집이었던 것으로 알려졌다.

미남크루즈 선착장은 공원시설이 조성돼 있음에도 조명 불빛이 어두워 밤에는 인적이 드문 곳이다. 조명 시설이 좋지 않다 보니 청소년들의 비행행위와 노숙자들이 거주하는 곳으로 변모했다.

CCTV 2대가 설치돼 있지만 우범지대를 보완하기에는 무리에다가 거제경찰서 신현지구대에서도 매일 순찰을 돌고 있지만 관리하기에는 역부족이다.

이러한 상황에서 거제시와 거제경찰서는 서로 책임소재를 떠넘기고 있다. 거제시는 치안은 경찰의 역할이라고 주장하고, 거제경찰서는 가로등, CCTV 설치 등은 거제시에서 담당해야 한다는 것이다.

　이에 대해 시민들은 시와 경찰이 서로 책임소재를 떠넘기다가 결국 이같은 살인사건이 발생했다고 분개했다.

미남크루즈의 모습

거제시 해안 선착장

제5장
해외취업상선
선원 시절

내 고향 뒷산 진달래꽃

해외취업상선 선원 시절

20년간 해외취업상선을 타고 세계도처를 다니면서 내가 직접 느꼈던 일면을 토로(吐露)해 보고자 한다.

제대 후 고향 거제에서 당시 제2대 민의원 선거에 출마하신 이채오 후보를 도와 당선이 되어 서울로 같이 상경해, 이채오 의원 비서생활을 3년여 하다가 어릴 적부터 꿈꾸어 왔던 해외취업상선 선원이 되고자 배를 타기로 결심하고 절차를 밟아 배를 타게 되었다.

나는 선원 생활의 고단함과 어려움을 이겨내는 것은 부처님의 가피라고 믿어 시간이 나면 마하반야바라밀다심경(摩訶般若波羅蜜多心經)을 읊었다. 지금도 그 반야심경(般若心經)의 뜻을 가끔 음미해보곤 한다.

"관자재보살이 깊은 반야바라밀다를 행할 때에 오온이 다 비었음을 비추어보고 모든 괴로움을 여의였느니라.

사리자야 물질이 허공과 다르지 않아서 물질이 곧 허공이고

허공이 곧 물질이며 감각·지각·의지와 지어감·최후인식도 그러니라. 사리자야 모든 법의 공한 모양은 생기는 것도 아니고 없어지는 것도 아니고 더러운 것도 아니고 깨끗한 것도 아니며 느는 것도 아니고 주는 것도 아니니라.

그러므로 공한 가운데는 물질도 없고 감각·지각·의지와 지어감·최후인식도 없고 눈·귀·코·혀·몸·뜻도 없으며 빛과 모양·소리·향기·맛·닿음·법도 없고 눈의 영역과 내지 인식의 영역까지 없으며 무명도 없고 무명이 다함도 없고 늙고 죽음도 없고 허고 죽음 다함까지 없어서, 외로움 번뇌 열반 수도도 없고 지혜도 없고 얻는 것도 없으니 얻을 것이 본래 없기 때문이니라.

보살이 반야바라밀다를 의지하여 마음에 걸림이 없게 되고 걸림 없으므로 두려움 없게 되어 뒤바뀐 망상을 여의고 마침내 열반을 이루며 삼세의 모든 부처도 반야바라밀다를 의지하기 때문에 위 없이 높고 바르고 두루한 큰 깨달음을 이룩하느니라.

그러므로 알라. 반야바라밀다는 크게 신령스러운 주문이고 가장 밝은 주문이고 위없이 드높은 주문이며 동등함이 없는 이와 같은 주문이니 모든 괴로움을 없애주고 진실하여 허망하지 않느니라.

이에 반야바라밀다주를 말하노라.

아제 아제 바라아제 바라승아제 모지 사바하.

아제 아제 바라아제 바라승아제 모지 사바하.

아제 아제 바라아제 바라승아제 모지 사바하."

해외취업상선을 타고 망망대해(茫茫大海)에서 폭풍우가 몰아치거나 산더미 같은 파도가 덮쳐 와도 반야심경을 읊조리면 잠시 후 잠잠해지는 것을 보고, 그 신비함에 스스로 놀라지 않을 수 없었던 것이 한 두 번이 아니었다.

그래서 나는 어떤 어려운 고비가 닥칠 때마다 부처님의 보살핌을 굳게 믿고 일구월심(日久月深) 부처님의 가호를 기구(祈求)해 왔다.

나는 배를 타기 직전까지 무엇을 할 것인가 깊은 고민에 고민을 했다. 인생에서 직업을 선택하는 것처럼 중요한 일이 없기 때문이다. 산다는 것은 일하는 것이다. 직업이란 말은 사랑, 낭만, 자유, 행복과 같은 멋이 풍기는 말이 아니다. 그러나 인생에서 직업처럼 중요한 것은 없다. 할 일없는 인생은 지옥살이와 같다. 세상에서 가장 비참한 사람은 직업이 없는 사람이라고 할 수 있기 때문이다.

그래서 직장은 인생의 도장과 같다고 한다.

첫째로 직장은 인격 수련의 도장이다. 우리는 일을 하면서 많은 것을 배우고, 직장생활 속에서 자기의 인격을 갈고 닦는다.

우리는 직장에서 대화하는 것을 배우고 예절을 익히고 일을 처리하는 방법을 터득하고 책임 능력을 키우고 협동정신을 연마한다. 그리고 리더십과 조직 관리를 배우고 극기력과 적응력과 인내심을 배양한다.

직장에서 나의 인격이 성장하고 나의 자아가 발전하고 나의 재능이 계발되고 나의 정신이 연마된다. 그러므로 직장은 인간의 수련장일 뿐만 아니라 사람을 만드는 곳이라 하겠다.

둘째로, 직장은 사회 활동의 도장이다. 우리는 직장에서 친구를 만나고 나의 존재와 능력과 업적을 인정받고 성취감의 기쁨과 자신감과 만족감을 얻게 된다.

인간은 직업에 헌신함으로써 사회 구성원으로서의 의무와 책임을 완수한다. 직업이 없는 사람은 사회인의 자격이 없다고 한다. 인간은 일에 살고 일에 죽기 때문이다.

셋째로, 직장은 민족과 국가를 위한 봉사의 도장이다.

우리는 직업에 헌신함으로써 나라에 기여하고, 사람으로서의 도리를 다한다.

우리는 자기 직업을 천직으로 생각한다. 자기 직장을 인생의 도장으로 믿고, 매일매일 내가 하는 일에 정성을 다하고 심혈을 기울이고 정열을 쏟아야 한다. 이것이 가장 바람직한 직업인상이라 하겠다.

고대 중세 사회에는 직업 선택의 자유가 없었다. 그러나 현대인은 직업 선택의 자유를 공유한다. 이것은 민주주의 사회의 가장 중요한 특색의 하나다. 내가 하고 싶은 일을 하는 것처럼 중요한 것이 없기 때문이다.

어떻게 하면 만인이 자기가 원하는 직업을 선택할 수 있느냐, 이것은 현대 사회의 가장 중요한 과제의 하나다.

가정과 직장과 국가는 인간의 가장 중요한 3대 집단이라 하겠다. 특히 가정과 직장은 밀접한 상호 관계를 갖는다.

가정은 직장을 위하여 있고, 직장은 가정을 위하여 있다고 해도 과언이 아니다. 가정생활이 행복해야만 직장생활이 즐겁고, 직장생활이 즐거워야만 가정생활이 행복해 질 수 있는 것이다.

나는 직업을 가진 모든 사람이 훌륭하고 거룩하다고 생각한다.

두말할 필요도 없이 이 세상의 모든 직업에는 절대로

귀천이 없다. 목욕탕의 때밀이도, 휴지 줍는 사람도 최고최선의 직업이다.

내가 증오하는 것은 자기가 몸담고 있는 직업에 대해서 긍지와 자부심 없이 불평하고 비하시켜 스스로를 모멸하는 행위다.

직업은 그 사람의 생계 수단이고 방법일 뿐, 그 인간의 가치를 재는 척도는 아니다. 자기 직업에 최선을 다하는 사람의 모습은 아름답고 거룩하다고 하겠다.

그 많은 직업 중에서 나는 특히 두 가지 직업을 가진 사람을 더 존경한다. 그 하나는 아이들을 교육시키는 선생님이고, 또 하나는 종교의 사제직을 맡고 있는 성직자들이다.

교직자들 중에서도, 우열이 있어서는 안 되겠지만, 나는 대학 교수들보다 고등학교 선생님들을, 고등학교 선생님보다는 초등학교 선생님들을 더 존경해오고 있다.

왜냐하면 사람을 씨앗에 비교한다면, 초등학교 선생님들은 인간의 대지에 밭을 갈아 씨앗을 뿌리고 파종하는 가장 원초적인 작업을 하는 농부라고 생각되기 때문이다.

대학교 교수님들은 학생들에게 인성을 가르쳐주는 것보다는 다 큰 나무에 비료를 주듯, 정제된 지식을 보다 풍부하게 해주는 인격의 정원사가 되면 어떨까…. 초등학교 선생님들은 대지 속에서 돌을 고르고, 밭을 갈고 잡초를 뽑아내듯 아직 발아되지 않은 인간에게 인정의 씨앗을 심고 가꾸는 농부의 역할을 하면 어떨까….

그런 의미에서 나는 스님이나 목사님, 신부님 같은 사제들을 존경한다. 그들이 오염되었다, 타락했다 하고 비판을 하지만 나는 그들이 우리의 영혼을 대신 아파하고, 고통스러워하고, 우리의 죄를 함께 빌어 용서를 구하는 그 모습에 늘 경의와 감사의 염(念)을 갖고 있다.

스님이나 목사님이나 신부님이 우리와 다른 것은 그분들은 선택받은 성직자이므로 끊임없이 인간적인 약점과 모순을 스스로 아파하고 번민하고 괴로워한다. 어떻게 해서든지 제어(制御)있는 자각으로 스스로를 무장하고 개과천선(改過遷善)을 지향해 나가고 있기 때문일 것이라고 생각한다.

우리가 개·돼지처럼 먹고 마시고 쾌락에 빠져 있을 때 그들은 자신의 조그만 거짓말, 조그만 욕망을 부끄러워하고 슬퍼하고 미안해하고 고통스러워하는 환자들인 것이다.

나는 그래서 그들이 좋다. 그들은 나보다는 훨씬 훌륭하다고 생각하고 있다. 어떤 면에서건 직업은 최선을 다

하는 자의 몫이고, 수많은 이름으로 불리는 직업은 모두 고귀한 것이라고 말하고 싶다.

만55세 정년퇴직 전까지 꽤 오랫동안 선원 생활을 해 보니까, 우리네 농촌·어촌 생활과 하나도 다를 것이 없었다.

사람이 모여 사는 공동체는 그 규모가 크든 작든 반드시 일정한 질서가 있어야 하고 상부상조 제도가 성숙되어야 한다. 나로부터 비롯된 일이 남에게 영향을 미치고, 남에게로부터 비롯한 일이 나에게 영향을 미치는 일이 너무나 많다. 그래서 서로서로 도움을 받지 않고는 살 수가 없다.

예를 들면 배마다 승조원(乘組員)의 임무가 있듯, 일을 협력하지 않으면 안 되듯이 만사가 서로 협동해야 한다.

서로 돕지 않으면 농촌이나 어촌이라는 공동체 내에서 살아 갈 수가 없었던 것이 우리 선조들이 살았던 특성이라고 할 수 있다.

농업과 어업에서의 협동과 협업은 일상생활로 이어져 자연스럽게 우리의 생활 속에 배어 지속적으로 이어져 내려온 것이다. 아직도 관혼상제와 계 등 그러한 면면을 볼 수 있는 흔적은 많은 곳에서 찾을 수 있다.

해외취업상선에서 배를 탈 때도, 이와 똑같이 상부상

조의 협동정신으로 맡은 역할을 해야만 소기(所期)의 목적을 달성할 수 있다고 하겠다.

어종(魚種) 중에 먼 바다에서만 잡히는 어종이 있기 때문에 이렇게 먼 바다까지 나가서 조업을 하는 배들이 있고, 이 배들을 우리는 해외취업상선이라고 부른다.

보통 바다에 체류하기 시작하면 몇 주 동안 바다에서만 생활해야 되기 때문에 해외취업상선 선원들은 남달리 향수병(鄕愁病)을 앓게 된다. 그럴 때면 문득 고향에 계신 부모님과 가족 생각이 솟구친다. 아울러 초등학교·중학교 친구들의 얼굴도 주마등처럼 떠오르곤 한다.

해외취업상선 선원들이 주로 잡는 것은 다랑어류, 오징어, 새우 등 연해에서 잡기 어려운 어류나 더 많은 어획고를 올릴 수 있는 종류이다.

이 중 다랑어류를 취급하는 쪽이 가장 널리 알려져 있다. 먼 바다에서 잡은 고기를 생물로 들여오는 것은 불가능하기 때문에 대부분 급속냉동장비를 갖추고 잡은 고기는 즉시 냉동 처리한다.

자고로 우리 민족은 정(情)이 많은 민족이라 한다.

내가 자랄 때도 많이 느껴왔지만, 평소에는 자신의 감정을 숨기며 은근한 정을 교류하는 것이 유교문화의 미덕으로 받아 들였기 때문일 것이다.

그러나 술을 마시면 10분 전과는 전혀 다른 정감이 솟아나 십년지기의 친구로 변한다. 힘든 일, 어려운 일, 마음속의 고민과 속상함 등의 일상사를 친구나 선후배, 동료들과 어울려 술과 노래 부르기를 함께하며 감정을 공유하는 정이 있는 국민이다. 술 몇 잔을 하고 나면 바로 형님 동생 하는 사이가 되는 사람들이 바로 우리 민족이다.

이러한 감정 공유야말로 한국인의 성격을 차별화하는 중요 요소이다. 보통 우리끼리 쉽게 공감하고 감정을 공유해 왔으며, 그러는 사이에 굳이 말을 하지 않아도 통하는 나름대로의 정서를 형성해 온 것이 바로 정인 것이다. 정과 가장 근접하게 어울리는 말은 바로 우리가 아닌가 싶다. 외항선원 생활을 경험하다 보니 우리끼리는 정감이 교류되면서 금시 친구지간의 우정을 느낄 수 있지만 이질적인 타민족과의 우정은 맺어질 수 없음이 느껴져 역시 우리는 정이 많은 민족임을 믿게 되었다.

이미 오래 전부터 서양 사람들이 물을 사서 마시는 것을 보면서, 도대체 왜 물을 사먹는지 의아하게 생각하곤 하는 것이 바로 우리나라 사람들이었다. 내가 해외 취업상선을 타고 세계 곳곳을 다니면서 물을 사먹다 보니 우리나라의 깨끗한 물이 얼마나 소중한지 알게 되었다. 그만큼 깨끗한 물을 아무데서나 쉽게 먹을 수 있는 천혜의 환경에 우리가 살고 있었다는 반증이라 하겠다.

근래 들어 환경이 오염되면서 우리도 급기야 물을 사 먹는 입장이 되었지만, 그동안 우리나라의 물은 정말 나무랄 데 없이 깨끗하고 맛이 좋았다. 자연 그대로의 물을 먹어도 전혀 탈이 없을 정도로 깨끗했다. 동남아나 유럽 등에서는 석회질이 많아 물을 그대로 먹을 수 없는 환경 때문에 정수나 가공의 과정을 통한 음료와 맥주 등을 물대신 먹을 수밖에 없었다.

이러한 사실은 해외취업상선을 타고 세계 도처를 다니다 보면 더욱 생생하게 느낄 수 있다.

물은 인체의 70% 안팎을 차지할 정도로 우리 몸의 필수 구성 성분이다. 어떤 물을 어떻게 섭취하는 가는 우리 몸에 그만큼 중요한 것이다. 깨끗한 물을 잘 흡수할 때, 건강 유지는 물론 수명이 연장된다는 것이 현대과학에서도 잘 입증되고 있다.

우리 민족은 이와 같이 조상으로부터 잘 물려받은 깨끗한 물 덕분에 경제 발전과 함께 평균 수명까지도 세계가 놀랄 정도로 늘어나고 있으니 가히 축복받은 민족이라 하지 않을 수 없다.

이상으로 해외취업상선 선원시절 마음속에 품고 있던

일단(一旦)의 회포(懷抱)를 피력(披瀝)해 보았다.

아울러 나는 선원생활을 오래하다 보니, 바다에 대해 남다른 애정을 갖고 있다. 많은 사람들은 바다에 대한 소중한 추억을 가지고 있을 것이다.

바다의 날은 바다 관련 중요성과 의의를 높이고 국민의 해양사상을 고취하기 위해 우리나라에서 법정기념일로 제정한 날이다. 21세기 해양시대를 맞아 세계 해양 강국으로 부상하기 위해 우리나라에서는 1996년 5월 31일 제정되었다.

매년 5월 31일을 바다의 날로 정한 것은 통일신라시대 장보고가 청해진을 설치한 날을 기념하기 위함이다. 해상왕 장보고는 중국을 중심으로 동아시아 국제무역을 위해 청해진을 본거지로 해양물류망을 구축하고 여러 지역에 무역사무소를 설치하여 신라·당·일본과 중개무역을 하는 등 세계 최초로 민간 주도에 의한 글로벌 무역을 실천한 국제 무역왕이었다.

바다의 날은 이러한 장보고의 개척정신과 도전정신, 리더쉽을 21세기 한국인들이 이어받으려는 의미가 담겨 있다.

바다는 세계를 하나로 연결하는 역할뿐만 아니라 지구 표면적의 71%를 차지하면서 30여만 종의 해양생물이 서식하고 있고 육지에 비해 월등히 높은 생산성을 보유하고 있다. 바다는 지구생명체가 생존을 유지하는 데 절대적인 기여를 하고 있다.

태양에너지를 흡수하여 급격한 기온변화를 방지하고 지구에 산소를 공급하고 대량의 이산화탄소를 흡수하여 대기 중 산소농도를 안정적으로 유지한다. 바다는 오염물질을 정화하여 지구생태계의 건강성을 유지시켜 주는 오염정화능력을 보유하고 있다. 그리고 지하자원의 고갈에 대한 우려가 높은 요즘의 바다는 인류가 이용할 수 있는 무궁무진한 에너지원으로의 잠재력을 가지고 있다.

흔히 바다의 자원은 무한하기 때문에 오염이나 자원고갈이 없을 것으로 생각하기 쉽지만 우리나라도 벌써 서·남해 연안이 환경오염으로 인해 생산력이 크게 떨어지고 어민들이 생활의 터전을 잃어가고 있다는 보도가 이어지고 있다. 이러한 환경변화는 지난 몇 년 사이에 유발된 것이 아니라 이미 상당히 오랜 기간 동안의 환경파괴로 인해 유발된 것임에 유의해야 한다.

국립한국해양대학교의 슬로건은 우리에게 새로운 희망과 비전을 제시하고 있다. "우리에게 바다는 땅입니다." 우리도 이제 바다를 새롭게 재조명하고, 연구하고,

사랑해야겠다. 육지적 관점에서 바다를 생각하고 바다의 입장에서 육지를 바라보는 발상의 대전환이 필요한 시점에 우리는 살고 있다.

이제 바다의 날을 생각해 보면서, 우리 모두는 해양이 인류에게 줄 수 있는 물류루트, 해양광물, 해양식량, 해양관광, 해양에너지 등과 같이 많은 자원을 선점하기 위한 치열한 해양 경쟁의 시대에 살아남기 위해서 지금부터 준비가 시작되어야 한다고 역설하고 싶다.

해외취업상선 모습

제6장

그리운
아버님께 올리는 글

지촌 허 룡許龍 선생 작품

그리운
아버님께 올리는 글

- 아버님, 회갑을 맞아 (1964. 9. 11. 음력) -

해외취업상선 선원시절 배를 타고 외국에 있었기에, 아버님 회갑 때 직접 찾아뵙지 못한 죄 용서를 구하며 아버님께 서신을 띄웁니다.

사랑하는 아버님, 오늘 회갑의 생신을 맞으시는 아버님께 불효자식 멀리서나마 진심으로 축하의 인사를 올립니다.

61년의 길고 긴 세월의 역경을 이겨내시고 살아오신 시간들에 대해 무한한 감탄과 존경을 바칩니다.

회갑의 연세에도 엄청난 기억력, 예리한 판단력, 넓은 이해심과 무한한 사랑, 또한 많은 세월을 종횡무진으로 누비시며 엄청난 일을 성취하신 아버님께 저의 한없는 존경과 감사의 마음을 드립니다.

무엇보다도 아버님께서는 당신 주위의 모든 사람들, 가족들이나 가까운 주변사람들에게 베푸시는 세심한 관심과 사랑, 따스함과 이들이 처한 각각의 상황에 대한 이해심, 또 이들 모두에게 베푸시는 끊임없는 배려심(配慮心)에 경탄을 금치 못합니다.

아버님과의 대화는 그 어떤 이성적인 성인과의 대화 못지 않게 당신께서 사용하시는 용어나 언어 구사법이 논리적이시고 정돈되어 있으며 무엇보다 언어구사력에 있어서 유머까지 겸비하고 계시다는 게 놀랍기만 합니다.

아버님, 회갑을 맞아 비록 몸과 마음이 불편 하실 때가 많으시겠지만 부디 평안하시고 강령하시기 바랍니다.

1964년 9월 11일(음력)

큰아들 달엽 올림

천상에 계신 아버님이시여, 고히 잠드시옵소서!

- 아버님, 기일을 맞아 (2020. 9. 10. 음력) -

회장 정 달 엽
진흥상운주식회사

아버님, 생전에
어선으로 사업을 알차게 꾸리시다
저 세상으로 가신 아버님이시여!

오늘 기일을 맞아
홀연히 제 곁을 떠나신
아버님을 그리며 슬픔에 잠깁니다.

제가 해외취업상선에 몸담고 있을 때라

당시 임종을 지키지 못한 이 불효자식

용서를 빌고 또 비옵니다.

이제 천상에서 어머님과 같이

그동안 못다 한 정 나누시면서

행복한 삶 길이길이 누리옵소서!

아버님(정명찬 神位) 기일(忌日)을 맞아,
손자(정준호)가 술을 따르고 아들(정달엽)이 술을 올리는 장면

제7장

진흥상운(주) 창립과
경영철학

<사 훈>
고객만족
인화단결
주인의식

訓
社
顧客 滿足 結
團 識
· 人和 意
· 主人

진흥상운(주) 창립과 경영철학

나는 35년간 해외취업상선을 타고, 그 후 선원노동조합연맹에서 5년, 동운상운(주) 이사로 5년의 경험을 쌓은 뒤 직접 회사를 경영하기로 마음먹고 도전을 했다.

우리가 어떤 목표를 향하여 도전하는 것은 아직 힘이 있다는 것이며, 성공을 향하여 달려갈 의지가 있다는 것이다. 그러므로 우리가 꿈을 가지고 있다면 결코 도전(挑戰)을 멈춰서는 안된다고 하겠다.

도전에는 자신과의 도전이 있고, 상대방이 있는 도전이 있다. 학자들이 연구에 몰두하거나 수도자들이 수도를 하는 것은 자신과의 도전이다. 이 경우는 자신이 얼마나 집중적으로 성실하게 노력하여 본인이 정한 목표에 도달할 수 있느냐에 성패가 달려 있다.

사업가의 도전은 상대방이 있는 도전이다. 상대방의 능력과 경쟁력에 따라 도전이 성공할 수 있느냐가 결정된다. 이것저것 다 따지고 망설이고 우유부단(優柔不斷)

하면 모든 기회는 다 지나가고 만다. 기회를 놓치는 사업인이 돼서는 안 된다. 사업가에게 가장 나쁜 것이 우유부단하고 망설이다가 기회(機會)를 다 놓치는 것이다.

드디어 결단의 시기가 왔다고 마음먹고, 평소 잘 알고 지내는 지인(신용진 회장)의 사업을 인수받아 2000년 6월 10일 진흥상운(주) 창립(創立)해 현재까지 어려운 각고 끝에 국내선원은 물론 외국 선원까지 모집해 선원 송출 승선회사로 자리잡고 있다. 지금 생각해 보면, 그때 결정을 잘했던 것이라고 본다.

앞으로의 계획은 국내 굴지의 인력 송출 선박업체로 성장시키는 것이 나의 목표라 하겠다.

세상을 살다보면 성공한 사람들 중 많은 사람들이 인생에서 귀인(貴人)을 만난 덕분에 성공했다고 말 한다. 나 역시 그렇다. 진흥상운(주)을 창립할 당시, 신용진 회장의 회사를 인수받아 출발했기 때문이다.

인생살이에는 언제나 변곡점(變曲點)이라는 게 있기 마련이다. 이 변곡점은 바로 변화의 시작인 것이다. 인생은 변하는 시기마다 누군가와 멀어지거나, 누군가와 가까워지거나, 아니면 새로운 누군가를 만나는 등 주변에 있는 수많은 인연의 끈이 연결되어 있음을 볼 수 있을 것이라 생각한다.

주역(周易)에서도 변하는 시기에는 '세 사람의 손님'이 온다고 했다. 세 사람이란 천지인삼재(天地人三才)의 현신(現身)인데, 바로 하늘과 땅과 사람을 말함이다. 이것은 하늘이 정해준 시기와 땅이 베푼 환경이 갖춰지고, 귀인이 나타나는 순간이 변화를 감행해야 할 때라는 뜻이다.

사실 우리의 인생살이란 사람과의 만남과 헤어짐이 대부분이라고 해도 과언이 아니다. 그런데 문제는 그 사람과의 인연이 어떤 인연인지를 알지 못한다는 데 있다. 지금 우리 주위에 있는 사람들 가운데 누가 선연(善緣)이고, 누가 악연(惡緣)일까 생각하게 한다.

귀인의 도움을 받아 원하던 것을 이룬 사람들에게는 세 가지 공통점이 있다고 본다.

첫 번째는 자기만의 의지와 능력으로 험난한 세상살이에 휩쓸려 가지 않는다. 내 안의 특별함을 잃지 않고 지켜갈 만한 고매한 품성을 지니고 있다는 뜻이다.

두 번째로는 내가 먼저 베푸는 것이다. 귀인을 만나려면 먼저 투자가 이루어져야 한다. 그러면 귀인은 몇 배를 곱해서 돌려준다. 거지 근성을 가진 사람은 억만금의 재물이 하늘에서 떨어진다고 해도 결국은 거지로 남을 수밖에 없는 것이다.

세 번째는 겸양의 미덕을 지녀야 한다. 귀인을 만나 성공한 사람들은 겸양을 미덕으로 삼는다. 완벽하지 않은 스스로를 받아들이고 인정하며, 자신이 불완전한 사람이라는 사실을 인정하는 겸손이 필요하다. 세상에 완벽한 사람은 없기 때문이다.

그래서 귀인과의 인맥을 만드는 것은 무엇일까 하고 생각하면 그것은 바로 인연(因緣)이라 할 수 있다. 인연은 사람들 사이에 맺어지는 관계, 일의 내력 또는 이유를 말하며, 인연에서 인(因)과 연(緣)은 의미가 각각 다르다. 인은 결과를 만드는 직접적인 힘이고, 연은 그를 돕는 외적이고 간접적인 힘이다. 즉, 인은 내 능력으로 내가 잘되는 요인이며, 연은 주변의 도움으로 잘되는 간접적 요인이 되는 것이다.

그런데 인과 연, 둘 중 어떤 것이 중요할까 생각해 본다. 물론 자신이 직접 만드는 인도 좋아야 하지만 주변에서 도와주는 연도 또한 좋아야 좋은 결과를 가져올 수 있는 것이다.

예를 들어 농사(農事)에서는 씨앗이 인에 해당하며, 그리고 비료나 노동력 등은 연이 된다. 그러므로 인도 좋아야 하지만, 연을 잘 만나지 못하면 좋은 결과를 가져올 수 없다는 말이다. 따라서 오늘날 내가 잘되었다면 그것은 주변에서 함께 도와주었기 때문일 것이다. 이와는 반대로 좋은 인연을 만들기 위해서는 우리도 남에게 많은 연을 베풀어야 한다.

귀인이란 우리가 인생을 살아가면서 자신을 바른 길로 이끌어주는 사람을 말하며, 이 귀인은 누구나 만날 수 있다. 그리고 언젠가는 반드시 만나야 팔자(八字)가 펴지며, 귀인은 나에게만 귀한 사람이 아니다. 나도 상대방에게 귀한 사람이 될 수 있는 것이라는 것을 명심할 필요가 있다.

어쨌든 우리가 성공을 하려면 귀인을 만나야 한다. 성공한 사람들의 공통된 비결은 '귀한 사람을 만난 경험이 있다'는 것이다. 그러나 귀인과의 만남은 어느 날 갑자기 이뤄지는 것이 아니다. 인생의 역경 속에서 끊임없이 도전하고 절실한 노력이 있어야만 만날 수 있는 것이다. 그래서 꿈과 희망을 품은 사람들은 항상 성공과 행운을 가져다줄 귀인을 만나기에 애를 쓰는 것이다.

성공한 사람들은 자신의 노력뿐만 아니라 남의 도움을 크게 받았다는 공통점이 있다. 우리도 귀인을 만나기 위해 갖춰야 할 조건(條件)이 있다. 그것은 '모든 일에 스스로 노력하고, 친절하고, 겸손하며, 성실한 자세'를 기본으로 갖추는 것이다. 이렇게 준비된 사람에게만 귀인이 나타나게 되며 또한 알지 못하는 사람을 귀인으로 만들 수 있는 것이다.

우리는 매일 수많은 귀인들을 만나고 있다. 인간관계에서 가장 중요시해야 할 덕목(德目)은 친절이다. 내가 친절한 대접을 받고 싶으면 나 스스로가 먼저 남에게 친절을 베풀어야 한다. 돈 들이지 않고 베푸는 친절은 훗날 자신에게 더 큰 공덕으로 되돌아오는 것이 인간사회의 숨은 법칙이다. 항상 내가 먼저 도움을 주고, 존중하며, 감사한 마음으로 베풀면 우리도 귀인이 될 수 있다. 또한 그런 사람이 귀인을 만나게 될 수 있는 것이다.

우리가 남에게 은의(恩義)로 준 것은 은의로 받게 되는 것이다. 반대로 악의로 빼앗은 것은 악의로 빼앗기게 된다. 그러니까 상대방에 따라서 그 보응(報應)이 몇만 배 더할 수도 있고, 몇만 분으로 줄어들 수 있는 것이다. 큰 이익은 사욕(私慾)을 버리는 데서 오며, 큰 이익을 바라는 사람은 먼저 공심(公心)을 길러야 한다. 그러면 자연히 귀인이 찾아와 인생을 성공으로 이끌지 않을까 생각이 든다. 바르고 보응의 마음을 갖고, 공심을 기르면 반드시 귀인을 만나 성공할 수 있다고 생각한다.

사람은 만남이 중요하다. 선한 사람을 만나면 선한 행동을 하게 되고, 악한 사람을 만나면 따라서 악한 사람이 되기 쉬운 것이다. 누구나 사람을 만나기는 쉽다. 그러나 헤어지기는 어려운 것이다.

젊은 시절 좋은 사람을 만나 한평생 잘사는 사람이 있는가 하면, 사람을 잘못 만나 악의 구렁텅이로 떨어져 평생을 감옥에서 보내는 사람도 있다. 그래서 사람을 소개 받거나 소개하는 것이 조심스러운 것이다.

삼국지를 읽어 보면 유비와 관우, 장비는 적당한 시기에 만나 나라를 도모하였고, 유비는 제갈량을 만나 나라 경영을 하는데 큰 도움을 받았다. 그리고 박정희 전 대통령은 정주영과 같은 사업가를 만나 나라 발전에 큰 기여를 했다.

사람이 산다는 것은, 길을 가는 것이라고 하겠다.

프랑스의 문호 빅톨 위고는 인생을 전쟁에 비유했다.

산다는 것은 싸우는 것이다. 생즉쟁(生卽爭)이다.

우리는 인생이라는 전쟁터에서 매일 남과 싸우고 자기 자신과 싸우면서 살아간다. 그러기에 싸움은 인생의 엄숙한 일면이다.

약육강식은 정글의 법칙으로만 국한되지 않는다. 국제사회에 있어서도 패자는 곧 소멸되거나 강자의 수족 역할밖에 할 수 없는 패망의 나락으로 떨어질 수밖에 없게 된다. 그래서 승패를 가름하는 경쟁마당에서는 그 무슨 수법을 쓰더라도 승자의 지기를 지켜야 하는 것이다. 2차 대전때 소련을 끌어들여 북한으로 진주시킨 미국의 패착(실수) 때문에 한국의 분단비극이 시작된 것처럼 세계적인 분쟁마당에서는 여사한 시행착오가 도처에서 연출되어 인류의 비극을 만들어 내고 있는 것이다.

영국의 문호 윌리엄 셰익스피어는 인생을 연극에 비유했다

"세계는 무대요, 남녀는 배우"하고 그는 말했다. 인간은 세계라는 무대에서 자기에게 맡겨진 역할을 수행하면서 살아간다. 인생은 흡사 일막의 연극과 같다. 우리는 인생의 명연기자가 되어야 한다.

그러므로 우리는 명연기를 멋지게 해내기 위해서는 상대보다 더 많은 연구와 연습을 해야 할 것이다. 요즘의 국제분쟁 문제들도 사전에 깊은 연구와 분석을 하고 대처했더라면 하는 아쉬움을 갖게 되는 것도 마찬가지라 할 것이다.

나는 인생을 한바탕 꿈에 비유하고 싶다. 왜냐하면 인생은 지나 놓고 보면 일장춘몽과 같기 때문이다. 결국 산다는 것은 꿈을 갖는 것이다. 저마다 자기의 꿈을 이루려고 노력하다가 세상을 떠난다. 우리는 위대한 꿈을 가지고 살아야 한다.

각자의 꿈을 갖고 산다는 것은, 각자의 길을 가는 것이라고 하겠다. 그렇기 때문에 산다는 것은 나의 길을 가는 것이라고 선지식인들이 설파하고 있는 것이다.

인생은 미완성의 존재다. 아무리 훌륭한 꿈, 멋진 착상을 했더라도 일단 종장(終章)에 이르고 보면 후회만 남긴 채 미완(未完)의 인생으로 끝나는 예가 얼마든지 있다. 따라서 우리의 꿈, 우리 후손의 꿈을 실현해 나가기 위해서는 부단한 탐구와 노력을 경주해 나가야 할 것이다.

나의 인생관이 나의 인생을 지배한다. 각자의 인생 해로는 각자의 인생관의 차이에서 엇갈릴 수 있다.

그러므로 올바른 인생관을 확립하는 것처럼 중요한 것이 없다. 기원전 6세기 그리스의 유명한 수학자요 철학자요 종교가였던 피타고라스(Pythagoras, B.C 582년 경~497)는 이렇게 말했다.

"이 세상에서 제일 중요한 일이 무엇이냐. 인생을 어떻게 살아야 하느냐, 그것을 가르쳐 주는 일이다."

인생을 사는 지혜와 자세와 방법을 가르쳐 주는 일은 가장 중요하다.

잘못된 인생관을 가지면 반드시 불행한 인생을 살 것이요, 올바른 인생관을 가지면 반드시 행복한 인생을 살 것이다.

인생을 바로 사는 지혜를 가르쳐 주는 학문을 우리는 철학이라고 일컫는다.

동서고금의 위대한 철학자들의 중요한 관심사는 올바른 인생관을 탐구하고 가르치는 일이었다.

나는 어디서 와서 어디로 가는가.

나의 설 자리가 어디고, 나의 할 일이 무엇이고, 나의 가야 할 길이 어디냐, 나란 무엇이냐, 무엇을 위하여 내 인생을 바칠 것이냐, 삶의 의미가 무엇이고, 생의 목적이 무엇이냐. 어떻게 사는 것이 옳게 사는 것이요, 행복하게 사는 것이냐. 인생은 살 만한 가치와 의미가 있는 것인가. 우리는 죽은 뒤에 어디로 가느냐. 인간의 영혼은 멸(滅)이냐 불멸(不滅)이냐. 전생과 내세는 과연 존재하느냐.

신(神)은 있느냐 없느냐, 무엇이 인간의 최고선(最高善)이냐. 우리는 결국 어떻게 살아야 하느냐. 나의 생명과 시간과 정력과 정열과 노력을 무엇을 위하여 바칠 것이냐.

철학자는 이러한 문제의 진지한 탐구자요, 열렬한 구도자(求道者)인 것이다.

우리는 올바른 인생관을 가지고 기쁜 마음으로 열심

히 살아야 한다. 인생관의 관(觀)은 볼 관자다. 사물을 보되 깊이 보는 것을 관이라고 한다.

관 중에서 가장 중요한 관은 인생관이요, 생명관이다.

인간의 자각 중에서 가장 중요한 자각은 생명의 소중함과 존엄성을 자각하는 것이다.

나의 생명과 남의 생명이 한없이 소중하고 존귀하다는 것을 우리는 먼저 깨달아야 한다.

이것이 도덕의 시작이요, 윤리의 근본이다.

세상의 무엇이 소중하다 소중하다 하여도, 사람의 생명처럼 소중한 것이 없다고 하겠다.

우리는 인생의 근본과 기초가 무엇인지를 먼저 알아야 한다. 인간의 근본과 기초가 확립되면, 우리의 가야 할 길도 저절로 분명해진다고 하겠다.

임제선사의 임제록(臨濟錄)에 '수처작주 입처개진(隨處作主 立處皆眞)'이란 말이 있다.

나는 이 문구를 좋아한다.

'수처작주'란 가는 곳마다 주인이 되라는 뜻이다. 수처란 조건과 상황에 따라 달라지는 환경이고 삶터이며, 작주란 인생의 주인공이 되어 주체적으로 살라는 뜻이다. 처하는 곳마다 주인이 되라는 말처럼, 모든 사람들 각자가 제 자리에서 자기 일을 묵묵히 잘 해가는 것을 말한다.

그리고 입처개진이란 지금 네가 서 있는 그 곳이 모두 진리의 자리라는 뜻이다. 모든 문제의 해결법은 멀리 있지 않다. 즉, 내가 서있는 바로 이 자리에서 모든 것이 풀어진다고 했다. 한마음 돌이키면 그 자리 모두가 진리인 것이다.

비슷한 말에 마조선사의 '입처즉진(立處卽眞)'이란 말이 있다. '서 있는 곳이 곧 진리다'는 말이다.

따라서 '수처작주 입처개진'이란 어떤 경우에도, 어디를 가든지 그곳에서 주인이 되면, 서 있는 그 곳이 곧 참된 곳, 진실한 곳이라는 뜻이다.

여기서 주인은 현재 인식되는 '나'라고 할 수도 있지만, 궁극적으로는 진여불성(眞如佛性)을 뜻한다. 그러므로 스스로 부처가 되면, 혹은 스스로가 부처임을 알게 되면, 그곳이 바로 깨달음의 세계이고 정토이며 극락이고 열반의 세계라는 말이다.

우리는 삶의 대부분 시간을 주인으로 살지 못한다. 기분 나쁜 소리를 들으면 바로 화가 나고, 조금이라도 손해를 보면 화가 난다. 경계에 끌려 다니기 때문이다. 이해(利害)라는 경계, 자존심이라는 경계, 습관적인 의심의 경계, 피해의식의 경계, 이기심의 경계에서 너무나 쉽게 자신을 잃어버린다. 주인이 아닌 개체가 돼서 이리 저리 헤매는 까닭에 우리가 서 있는 그곳은 극락이 아니라 지옥이 된다. 만약 내가 어떤 상황에서도 중심을 잃지 않고, 주인으로 설 수만 있다면 마음의 평정을 지킬 수 있고, 진리 그대로 살 수 있다.

지금 우리 사회에는 자기가 만나는 사람, 자기 편만을 아무런 이유 없이 좋아하는 사심(私心)이 가득 차 있고, 미워하거나 싫어해야 할 아무런 이유가 없는데도 자신의 편이 아니기 때문에 무조건 싫어하는 그런 모습이 우리 사회를 멍들게 하고 있다. 누가 진보이고, 누가 보수인가를 구분하는 데는 아무런 기준도 없다. 그런데 자기 편 아니면 무조건 진보이거나 보수라고 여기면서 막무가내로 싫어하고 미워하는 경향이 있다.

자기편이면 무조건 좋아하고 즐거워하는 그런 심리가 가득 찬 세상이 슬퍼진다. 어떤 이유로 세상이 이렇게 두 편으로 나뉘어 남의 편은 증오하고, 내 편만 한없이 좋아하는 세상이 된 것일까 하고 생각이 깊어진다. 제발 사심을 이기고 공정성을 되찾아 이치에 합당하게 좋아하고 싫어하는 일에 가담한다면 참으로 좋겠다고 생각한다.

그리하려면 우리는 언제나 〈중도(中道) 중화(中和) 중용(中庸)의 길을 가지 않으면 안 된다. 의(義)로운 것은 정의로워야 하고, 화합하려면 조금 부족한 듯해도 이를 포용하는 아량이 있어야 하고, 확고한 의지와 소신이 있어야 한다. 그리고 의에 화(和)가 없으면 지나치게 되고, 화는 의가 없으면 무기력해진다. 그래서 이 두 글자에 중(中)자를 붙이면 비로소 화합이 이루어진다고 하겠다.

그런데 한국 정치사에서 중용과 중도 정치는 언제까지나 꿈으로만 존재하는 느낌이 든다. 한국사회의 갈등을 중도로 잘 봉합해 가지 않으면 우리는 갈등과 혐오로 지옥생활을 금치 못할 것 같다. 그래서 우리는 다음 네 가지 정신을 잘 지켜나가야 할 것으로 보인다.

인간은 언제나 맑고, 밝고, 훈훈한 낙원세상을 지향해야 하며, 언제나 편협한 종교, 이념, 정치를 배격하고 중도를 지향해야 한다. 그리고 우리는 서로 돕고 이끄는 상생상화의 정신을 지향해야 함은 물론 매사에 긍정적이고, 적극적이며, 정열적으로 활동해야 한다는 것이다.

그러니까 한 마디로 종교·이념·정치에 편협하지 않고 중도의 길을 가겠다는 뜻인 동시에 종교 지도자는 중도의 눈으로 세상을 바라보기 때문에 우주의 진리와 대각(大覺)을 이루었다고 하는 것은 말할 것도 없다.

우리는 항상 나와 타인의 관계 사이에 서 있다. 이 거미줄 같은 인간관계 속에서 우리는 사랑과 미움, 배신과 질투 그리고 다툼을 경험하게 된다. 때로는 알게 모르게 남의 관계 속에 끼어들어 피해를 입기도 하며 오해를 쌓기도 한다.

이 관계 속에서 우리가 정말 알아야 할 것은 바로 중도와 긍정(肯定)이다. 아무리 남이 나에게 나쁜 행동을 했다 하더라도 사랑과 포용으로 그를 대한다면 그 역시 나를 따뜻하고 진실한 마음으로 대하는 것이 세상의 이치이며, 모든 것을 둘이 아닌 하나로 보고 있다.

그래서 세상에는 선도 없으며 악도 없다. 이 말은 거꾸로 뒤집으면 선도 있으며 악도 있다는 말이다. 그러한 선과 악은 누가 만든 것이 아니라 자기 스스로 그 인연을 엮어 내는 것이므로 주어진 현실을 받아들이고 항상 양극단의 편에서 벗어나 중도의 길을 가는 것이 세상의 평화를 가져다 줄 수 있다는 것이라 여기고 싶다.

무엇에나 집착하지 않으면 그것이 중도인 것이며, 중도 행은 한 생각도 일으키지 않는 무심으로 착함을 행하고 악함을 행하지 않는 것이다. 마음에 발원(發願)이 없고, 변하고자 노력함이 없는 자는 곧 살았으되 죽은 목숨인 것이라 하겠다. 제발 어느 모임이든지, 사회나 정치에서도 이 혐오표현의 해악을 잊으면 안 된다. 우리는 이제 언제 어디서나 중도의 삶을 이어가도록 노력해야 하겠다.

우리 인간은 살아가는 동안 많은 것을 몸과 마음에 지니게 된다. 빈손으로 태어났지만 나이가 들면서 지위를 좇고 재산을 쌓는다. 어디 그뿐인가. 지식, 자존심, 가치관 또한 마찬가지다. 애당초 스스로를 지키기 위해 쌓아 두었지만 오히려 자신의 본모습을 잃게 하고 위험에 빠뜨리게 하는 경우가 적지 않다.

화려하고 사치스러운 것에 대한 집착, 침착하지 못하고 툭하면 흥분하는 성격, 그칠 줄 모르는 명예욕, 이러한 것들은 우리가 성장해나가는데 걸림돌이 될 뿐이다. 이것들을 내던질 수 있다면 훨씬 더 인간다운 삶을 살 수 있다고 본다.

원래 우리 인간은 태어날 때부터 올곧은 마음을 지니고 있다. 그러나 남을 이기기 위해 지식을 습득하면서 점차 이런 마음이 흐려진다. 지식을 쌓는 것 못지않게 마음의 때를 벗기는 것 또한 소홀히 해서는 안 된다.

재산이나 명예 그 자체가 나쁘다는 것이 아니다. 재산과 명예에 집착한 나머지 스스로를 위험에 빠뜨리는 짓이야말로 나쁘다고 하는 것이다. 재산과 명예를 초월한 사람에게는 삶의 여정에서 그것들이 더 이상 무거운 짐이 되지 않는다. 돈이 많든 적든, 혹은 지위가 높건 낮건 간에 마음이 흔들리지 않기 때문이다.

상황에 따라 감정을 표출하되 바로 마음의 평온을 되찾을 수 있는 자는 진정한 수양이 되어 있는 사람이기에, 바로 이런 인물이 되어야 한다는 것이다.

우리 인간은 한 해가 가면, 저절로 한 살 더 나이를 먹는다. 나이가 드니 해가 바뀌는 것이 그렇게 즐겁지가 않다. 왜냐하면 해마다 늙어 가기 때문이다.

이런 말이 전해온다. '늙기는 쉽지만 아름답게 늙기는 어렵다.'는 말이다. 그런데 스스로 생각해 보면 늙기도 어렵고 아름답게 늙는다는 것은 더 더욱 어려운 일인 것 같다. 누구든 늙게 마련이다. 세상에 아무리 평균 수명이 늘어났다 해도 늙지 않는 사람은 없다.

그래서 추하게 늙지 않고 아름답게 늙는 방법은 없을까 생각해본다. 인간이 늙는다는 것은 보편적인 자연현상이지만 아름답게 늙는다는 건 우리가 스스로 만들어 가는 것이라 생각이 든다. 그렇다면 아름답게 늙기 위해서는 그에 상응하는 상당한 노력이 있지 않으면 안 된다. 사람이 아름답게 늙으면 그 삶의 질은 윤택해지고 다른 사람들이 보기에도 아주 좋은 것이다.

아름답게 늙기 위해서는 먼저 그것을 방해하는 것부터 알아 볼 필요가 있다. 알면 극복(克復)할 수 있기 때문이다. 요즘의 노인들이 당면한 문제 중 가장 어려운 것들을 열거해보면 크게 네 가지로 압축할 수 있다.

대부분의 노인들은 은퇴 후 경제적으로 여유가 없다는 것이다. 노인 스스로 경제적인 자립도가 없는 한, 이 문제가 개선될 여지가 없다는 점이다. 일단 경제적으로 어려우면 노년의 아름다움을 세울 자리가 쉽지 않다는 것이다.

또 노인이 되면 보통 두세 가지 병마에 시달리게 되고, 병원을 자주가게 된다. 어떤 사람은 먹고 사는 비용보다도 병원비와 약값이 많이 들어 어려운 실정이라고 하소연하는 노인도 많다.

그리고 노년의 가장 큰 적은 무료함이다. 자기 것, 자기 세계가 없으면 더 빨리 늙고 소모되는 게 노년기 일지도 모른다. 또 다른 문제는 소외감이다. 자식들은 점점 멀어지고 인간관계가 소원해 지고 있으며, 친구들은 차차 줄어지는 이러한 상황들이 아름다운 노년을 방해하는 대표적인 요인들이라 하겠다.

일반적으로 노년의 아름다움을 세우기 위해서는 어떻게 살아야 할까? 하고 생각해본다. 그 해결방법은 다음과 같은 일들에 빠져 들어야 한다고 본다.

첫째, 마음먹기에 달린 것이다. 가장 중요한 것이 마음의 자세이다. 사람은 누구나 예외 없이 늙는다. 이러한 자연의 섭리를 깨달아야 자신이 늙었다는 것을 긍정적으로 수용하게 되며, 세상사 마음먹기에 달린 것이라 여겨야 한다.

둘째, 자기의 분수를 지키는 것이다. 자기 처지에 대한 확실한 이해가 있어야 한다. 인간이 분수를 깨닫는 것처럼 중요한 일이 없다. 처지와 분수를 아는 일이 아름답게 늙는 지름길이다.

셋째, 품위 있는 노인이 되려고 노력해야 한다. 노년의 아름다움을 세운다는 것은 결국 품위 있는 노인이 되는 것이다. 품위란 무엇을 말함인가? 사람이 갖추어야 할 위엄이나 기품이며 사물의 가치라는 뜻이다. 품위는 존경받는 인격적 자세라고 할 수 있다. 대접받기 위해서는 그만한 인품을 지녀야 한다는 뜻이다.

넷째, 집착하지 말아야 한다. 결국 우리 노인들의 집착은 오래 건강하게 살겠다는 욕심일 것이다. 애착(愛着), 탐착(貪着), 원착(怨着) 이 세 가지를 삼독심(三毒心)이라고 한다. 애착은 사랑하는 사람과의 이별을 견디지 못하는 것이고, 탐착은 재색명리(財色名利)에 대한 욕심이며, 원착은 미워하는 사람을 용서하지 못하는 것이다. 이 세 가지를 떼지 않고서는 결코 아름다운 노년을 살아 갈 수 없다 하겠다.

다섯째, 말 수를 줄이는 것이다. 가장 피하고 싶은 사람은 어떤 사람일까요? 아마 말 많은 사람일 것이다. 늙을수록 입을 다물고 지갑은 열어야 한다. 그래야 어른 대접을 받을 수 있을 것이다.

여섯째, 수행에 전념하는 것이다.

아름다운 노년은 수행하는 노년이다. 우선 참선(參禪)할 것을 권하고 싶다. 참선의 방법은 여러 가지가 있다. 좌선(坐禪), 입선(立禪), 행선(行禪), 사상선(事上禪), 무시선(無時禪), 무처선(無處禪) 등이다.

일곱째, 새로운 도전을 시도하는 것이다.

젊었을 때 생각지 않았던 새 일에 도전해 보는 것이다. 새로운 것을 시작하고 거기에 열중(熱中)하다 보면 그 노년은 저절로 아름답게 되는 것이다.

노년에 전혀 생각지도 않았던 새일, 새것을 시작한다는 것은 그 자체가 아름답고 용기 있는 행동이라 하겠다. 아름다운 노년은 인생을 마감하는 시기에 아주 중요함으로 아름다운 노년이 되기 위해 노력해야 한다.

우리는 일을 하면서 삶의 보람과 즐거움을 느낀다. 일

을 하면 사람들에게 자신의 능력을 인정받을 수 있고, 꿈을 실현할 수 있으며, 나아가 국가와 사회의 발전에도 공헌할 수 있다.

가치 있는 사람이란 어떤 사람일까 하고 궁금해진다. 가치는 사물이 지니고 있는 값이나 쓸모를 말하며, 값이나 쓸모를 지닌 사람을 가치 있는 사람이라 할 것이다.

노인이란 어떤 존재인가? 노인인가 아닌가를 판별하는 기준으로 연령, 신체나 정신의 기능 상태가 가장 많이 사용되고 있지만 노인을 정의하기란 그리 쉽지 않다.

노인을 정의하는 방법에는 역연령(曆年齡), 기능적 연령, 심리적 연령 그리고 사회적 연령이 있다.

역연령은 우리가 가장 이해하기 쉬운 방식이다. 인간이 어머니 뱃속에서 태어나서 지금에 이르는 기간을 계산하여 어느 연령 이상을 노인으로 정의하는 것이다.

역연령에 따른 정의는 공적이거나 행정상의 편의성 때문에 주로 이용된다. 정부에서 시행하는 노인관련 정책의 수혜자가 되거나 노인과 관련되어 운영되는 시설을 이용하기 위해서는 어떤 특정한 연령 이상이 되어야 하기 때문이다. 하지만 연령을 기준으로 노인을 정의하는 방식에는 많은 문제점이 드러나고 있다 하겠다.

기능적 연령은 정신이나 신체를 기준으로 하여 기능

상태가 심하게 노화되는 과정에 있는 사람을 노인으로 정의하는 방법이다. 이 방법도 그리 좋은 구분법이라고는 할 수 없다. 고령인데도 젊은 사람 이상으로 건강한 육체를 가지고 바쁘게 사회생활을 하는 사람을 노인으로 보기는 어려운 것이 아닌가.

심리적 연령이란 단순히 개인의 주관적인 심리 판단을 근거로 삼아 노인을 정의하는 방법이고, 사회적 연령은 시간적인 연령에 관계없이 가정이나 사회에서의 지위와 역할 차원에서 노인을 정의하는 방법이다. 따라서 노인의 정의를 내리기 위해서는 신체, 심리, 사회 그리고 행동 요인을 반드시 고려해야 한다는 것이다.

우리나라는 2026년이면 초고령 사회로 진입하는데, 미국은 우리보다 2년 뒤인 2028년에 초고령 사회로 돌입한다는 것이다. 현재 사회복지 제도가 탄탄히 구축되어 있지 않고 조직력이 원활하지 않지만, 지금부터라도 고령 인구 증가에 대비한 철저한 대책을 세워야만 하는 시점에 와 있다고 본다.

평균 수명이 증가하고 있는 이유는 의학기술의 발달과 더불어 영양가 있는 음식물과 위생 등 생활환경의 개선에 있다 하겠다.

그러나 현대 의학기술의 발전에도 불구하고 아직도

치명적인 암, 에이즈, 심장병, 뇌졸중과 같은 질병은 완전히 치료하지 못하고 있고, 단지 인간의 생명을 과거보다 더 연장시킬 수 있을 뿐이다.

의학기술이 지금처럼 발달하지 않았던 30~40년 전에 암 선고를 받은 사람은 대부분 1년 이내에 사망했다. 지금 암환자들은 정상인과 같은 독립생활을 유지하기는 어렵지만 2~5년 정도는 더 살 수 있게 되었다. 물론 초기 암환자의 경우는 완치도 가능하지만 말이다. 그럼에도 우리 인간 생명에 치명적인 질병에 대해서는 아직까지 완전 완치는 불가능한 상태인 것이다.

우리가 노년을 맞아 항상 잊지 말 것은 인생의 종착역에 와 있는 마지막 황혼기를 어떻게 보낼 것인가 하는 계획이다.

멋진 황혼을 즐기고 싶은데 돈이 없다면 어떻게 여가를 즐길 수 있느냐고 생각할 수도 있다. 소갈비만이 음식은 아니다. 칼국수도 맛있게 먹으면 최고의 음식이다. 유람선을 타고 외국 여행만이 특별한 경험은 아니다. 집에서 가까운 산에 올라 준비해 가지고 간 김밥을 먹는 것도 기억에 남는 산행이 될 수 있다.

행복함을 느끼는 것도 생각하기 나름이다.

노년에는 주어진 생활환경에 맞추어 하루 일과를 구

상할 때에 여가라는 두 글자가 반드시 포함되어 있도록 해야 한다. 어떤 종류의 여가를 선택할 것인지에 대한 결론도 스스로가 결정해야 한다. 주머니 사정과 성격 및 취미 활동에 대해서는 누구보다 자신이 제일 잘 알고 있기 때문이다.

현재 노인들의 여가 복지를 위해 운영되고 있는 시설에는 경로당이나 노인정, 노인교실, 노인복지회관, 사회복지회관 등이 있다.

우리나라 노인복지와 관련된 법적 근거를 마련해준 노인복지법이 1981년에 제정되었고, 노인복지 담당 중앙행정부서인 노인복지과가 1990년에 최초로 보건사회부(현, 보건복지부) 내에 신설된 이후 비교적 짧은 기간 동안 우리정부는 노인들의 삶의 질 향상을 위해 다각적으로 많은 노력을 기울여 왔다.

남북으로 갈린 정치적 상황에서 우리 정부는 경제 발전과 국방을 최우선 과제로 일관된 정책을 추진해 왔고, 그 결과 국민 대부분은 절대적 빈곤으로부터 탈출하여 삶의 질을 추구하기에 이르렀다.

오늘날의 노인은 과거 시대에 살았던 노인들보다 더 오래 건강하게 살고 있다. 오래 사는 것은 인류의 염원이지만 그로 인한 치매와 각종 노인성 질환으로 인해 다른 사람의 부양을 필요로 하는 노인이 급속도로 증가하고 있는 실정이다.

사회는 급변하고 있다. 사회 구성원의 가치 또한 변하고 있다. 오늘날의 노인들은 과거 선대에 살았던 노인들보다 의식이 개화되어 사회적 서비스에 대한 다양한 욕구가 증대되고 있다.

이제 단편적이고 시대 변화를 반영하지 않는 정부의 정책은 보강하고, 모든 노인들이 독립적인 노후생활을 보장받을 수 있는 좀더 종합적이고 과감한 획기적인 개혁이 이루어지기를 바라는 마음 간절하다고 하겠다.

이 세상 모든 자녀들은 부모를 사랑하고 이해하려고 노력한다. 자신에게 주어진 여건에 따라 나름으로 부모를 생각하고 있으며, 가능하면 물질적으로도 효를 실천하고자 노력한다.

그러나 세상만사 뜻대로 되는 것이 어디 있겠는가. 그러나 조금 서운하더라도 너그러운 마음으로 자녀를 이해하고 감싸주어야 한다. 이렇게 감싸주는 것이 부모의 마음이라 하겠다.

노년을 맞아, 노후의 행복을 위해서는 성장한 자녀들이 당신의 종속물이라는 생각을 과감히 버려야 한다. 젊은 세대인 자녀들 또한 노부모의 일방적인 사랑을 기대해서는 안 된다.

부모는 자식을 양육하고 교육시킬 의무가 있을 뿐 자녀를 위해 희생할 의무가 없듯이, 자녀들에게 지나친 기대를 해서는 안 된다는 사실을 알고 대처해야 한다.

우리 인간은 누구나 생로병사(生老病死)의 과정을 겪는다. 부모로부터 태어나 성장을 하고, 성장이 최고조에 이르면 늙기 시작하여 병들고 결국에는 사망에 이른다.

이러한 과정이 필연적인 순리임에도 불구하고 장수(長壽)는 인류의 가장 간절한 소망이었으며, 현재도 장수를 위한 무수한 방법들이 연구되고 있다.

학문적으로 인간의 장수에 영향을 미치는 요인은 크게 두 가지로 분류해 볼 수 있다고 한다.

첫째는 선천적 요인이다. 얼마만큼 조상으로부터 장수할 수 있는 유전인자를 가지고 태어났는가 하는 것이다. 이는 인간 스스로 통제할 수 있는 방법이 아니고, 각자의 운명에 따를 수밖에 없다 하겠다.

다른 하나는 후천적 요인으로 일상생활을 하면서 인위적으로 통제가 가능한 방법이다. 소식(小食)을 포함한 음식요법과 운동과 위생적인 생활방식 등이다. 가능하면 육류를 피하고 생선, 해조류, 야채와 과일을 많이 섭취하되 적게 먹고 적절한 운동과 절제 있는 안락한 생활로 건강을 유지하면 오래 산다는 것이다.

또한 과학자들이 빼놓지 않고 주장하는 것으로 정기적 건강진단을 통하여 암이나 기타 생명에 치명적인 영향을 미치는 질병을 조기에 발견하여 치료하는 것이 있다.

이 가운데서 최근에 가장 많이 주목받고 있는 것은 소식 이론이다. 신진대사에 반드시 필요한 단백질, 지방, 비타민, 탄수화물 등의 영양 성분을 모두 갖춘 음식을 섭취하되 일일 권장 칼로리의 3분의 1정도를 줄여 섭취하면 장수한다는 이론이다.

우리 인간은 식사 외에 수명에 영향을 미칠 수 있는 다른 외부 환경, 즉 직업과 관련된 환경, 사는 장소에 따른 자연 생태 환경, 혼인여부에 따른 삶의 질 환경 등 무수히 많은 외부 환경에 노출되어 생활하고 있기 때문이다.

최근 국내 100세 이상 장수노인을 대상으로 조사한 연구 결과에 따르면 장수노인들은 대도시보다는 농어촌 지역에 거주하고 있으며 채소와 콩, 해조류를 즐겨 먹는다고 한다. 그러나 동시에 다섯 명 가운데 한 명은 건강에 유해한 담배와 술을 즐기고 있다는 것이다.

미국의 노년학자인 래너드 푼 박사는 유전과 음식은 장수와 거의 무관하다고 주장한다. 그의 연구 결과에 따르면 장수노인 가운데 수십 년 동안 뜨거운 태양 아래에서 힘든 일을 해온 사람도 있고, 실내에서 책상에 앉아 일만 해온 사람도 있고, 술과 담배를 하지 않는 사람도 있었다고 밝히고 있다. 즉, 장수자에게서 일반화시킬 수 있는 어떠한 공통점도 없다는 것이다.

특히, 아침식사는 장수하는 사람들의 습관으로도 유명하다. 조지아 대학 심리학과 래너드 푼 교수는 세계 장수하는 100세인은 아침식사는 필수로 하고 있다고 밝히고 있다.

캘리포니아 병원에서 아침밥을 거르는 7천 명 대상으로 아침식사와 수명의 상관관계를 연구한 결과에 따르면, 아침식사를 먹지 않은 사람은 아침식사를 챙겨 먹는 사람보다 남자는 40%, 여자는 28% 정도 사망률이 더 높았다는 것이다.

〈아침식사를 하면 좋은 이유 5가지〉

1. 학업과 업무 능력 향상

뇌는 포도당이 에너지원인데 아침밥을 굶으면 두뇌에 필요한 포도당이 부족해서 집중력과 사고력이 떨어진다.

2. 비만 예방

아침식사를 한 사람일수록 오전에 더 활동적으로 일한다. 때문에 칼로리 소모량이 많아 아침식사를 하지 않은 사람보다 열량 소모가 20% 정도 더 많았다.

3. 변비 예방

비어있는 위장관에 음식물이 들어오면 장의 운동이 활발해져 쾌변으로 이어진다. 변비는 불규칙한 식사량이나 식습관이 큰 원인인데, 아침밥을 꾸준히 먹으면 변비 예방과 위장질환 예방에 좋다.

4. 성인병 예방

쌀에 함유된 단백질과 식이섬유는 혈액 중의 콜레스테롤 상승을 예방하고 중성지방 농도를 감소시키는 효능이 있다.

당뇨 환자의 경우 혈당을 일정하게 유지하는 것이 중요하다. 그런데 아침식사를 거르면 오전에는 혈당이 낮았다가 오후에 혈당이 높아지므로 당뇨병이 악화되기 쉽다.

5. 충치 예방

CDC 치과의사 브루스와 연구진은 미국 미취학 4,200명을 대상으로 아침식사와 충치와의 연관관계를 조사했다.

아침식사를 거르는 어린이(2~5세)는 그렇지 않은 아이에 비해 충치가 생긴 경우가 4배나 높은 것으로 나타났다.

아침식사를 하는 아이들은 상대적으로 당이 적은 간식(과자 등)을 선호하는 경향이 있기 때문으로 해석된다. 이에 연구진은 올바른 식습관은 구강건강도 증진시킨다고 덧붙이고 있다.

위와 같이 아침식사를 하면 좋은 이유 5가지에 대해 살펴보았다.

아침식사는 영양이 풍부하면서도 입맛을 돋우며, 위에 부담이 적고 소화하기 쉬우면서 조리하기 간편한 것이 좋다.

아침식사는 그날의 건강을 좌우하기 때문에, 하루 필요 열량의 3분의 1을 아침식사로 섭취해야 한다.

영양소가 골고루 있는 한식이 좋으며, 곡류에서 1개, 고기 및 달걀 중 1개, 과일 및 채소에서 1개를 먹는 것이 좋다는 것이다.

인간에게 무엇보다 중요한 것은 장수가 아니라, 무병장수(無病長壽)이다. 몸이 아파 가족에게 무거운 짐이 되면서까지 장수하는 것은 노인에게도 고통이다. 아니, 마지막 남은 인간의 존엄성마저 훼손될 수 있다.

살아 있는 동안 건강하게 살면서 가족이나 사회로부터 도움을 받지 않고 독립적인 생활을 하다가 사회를 위해 좋은 일을 하고 떠나는 것이 축복받은 인생이라는 데에는 이견이 없을 것이기에, 나도 그렇게 살다가 죽고 싶다.

우리는 노년기가 되면 각종 질병으로부터 건강의 상실, 고독을 맛보게 된다.

경제적으로 여유가 있을 경우, 질병으로부터 벗어나 건강한 생활을 유지하게 될 가능성이 크다고 하겠다.

반드시 장수와 관련이 있는 것은 아니지만 몸에 좋은 보약은 물론이거니와 맛있고 영양가 높은 음식물을 섭취해 체력을 유지할 수 있기 때문이다.

자녀가 있다면 아버지로서의 역할은 죽기 전까지 계속되어 나간다. 자녀와 동거하지 않더라도 자녀와 손주가 사는 집을 방문하고 만나는 기회를 통하여 아버지의 역할은 물론이고 할아버지라는 역할을 더욱 발전시킬 수 있다.

어린 손주에게는 그들이 좋아하는 장난감과 맛있는 피자와 햄버거를 사주고, 다 큰 손주에게 용돈을 두둑이 준다면 '우리 할아버지 최고!'라고 찬탄을 받게 될 테니 더욱 신이 난다.

또한 나이가 들수록 어렸을 때의 친구, 친척을 포함한 지인들이 그리워지게 마련이고 가능하면 그들과 자주 만나고 싶어진다.

나는 아직도 나이가 들어도 직장 생활을 하고 있다. 하루 주어진 24시간을 아침부터 바쁘게 다니다 보면, 운동이 되고 밥맛도 좋아 아흔을 바라보는 지금까지도 건강하게 지낸다.

나는 건강이 허락하는 한, 계속 진흥상운(주)에 나와 일을 할 것이다. 일하는 것이, 바로 보약이기 때문이다.

특히 직업을 가지고 일을 하면 소득을 얻을 수 있고, 이러한 소득으로 나와 가족은 편안한 생활을 할 수 있다. 그러므로 자기 일과 직업을 소중히 여기고, 긍지를 갖고 생활한다면 행복하고 가치 있는 삶을 살 수 있다. 아인슈타인은 '성공하는 사람이 되려고 애쓰지 말고, 가치 있는 사람이 되려고 노력하라'라고 말했다.

다른 사람에게 가치 있는 사람이 될 때, 우리는 그들을 도울 수 있다. 우리가 다른 사람들의 삶에 가치를 더해줄 때, 그들이 우리에게 끌릴 것은 불문가지(不問可知)일 것이다. 자기를 돕는 사람을 무시할 사람은 없다. 우리가 다른 사람을 도울 때, 그들도 우리를 사랑할 것이며, 언제나 우리와 함께 하려고 할 것이다.

사람들은 자신이 결코 끌리지 않는 사람들을 본능적으로 구별해 낸다. 매사 부정적이고 비판적인 사람들과 어울리기 좋아하는 사람은 없기 때문이다. 가뜩이나 버거운 인생살이에, 그런 사람들과 어울리고 싶어 하는 사람은 없을 것이다. 우리는 우리를 믿어주고, 격려하는 사람들과 어울리기를 좋아한다. 이렇게 가치 있는 사람이 되려면 경제적 능력도 필수적이라 하겠다.

어느덧 창립 23년을 맞다 보니, 회사가 제자리를 찾게 되었다.

진흥상운(주)은 외국인 선원 송입 및 내·외항 선원관리업체다. 우리 회사는 인력관리와 선원관리로 시작해, 현재는 외국선원 360명까지 관리하고 있다. 코로나 이전에는 400명 가까이 되었는데, 요즘은 직원 교대 문제 때문에 선원이 줄었다. 최근 미얀마에 4개 회사, 인도네시아에 3개 회사 대리점을 두고 있다. 아시다시피 외부에서 들어오는 선원은 코로나로 14일 격리를 하고 있으며, 선주가 경비를 주지 못해 그에 대한 경비를 회사에서 모두 부담하고 있어 요즘 어려움을 겪고 있다고 하겠다.

나는 '사람을 믿으면 끝까지 믿는다.'는 신념의 소유자다. 그 신념은 예나 지금이나 변함이 없다. 그리고 우리 회사가 해외에 지사까지 두고 성장해 온 것에는 김용환 부장의 힘이 일조(一助)했다. 이제는 제 자리를 잡아 회사운영을 잘하다 보니, 해운조합에서 내항선박운영 허가권을 승인받기에 이르렀다.

어느덧 회사도 내실을 기해 자리를 잡게 되어, 계속 회사를 운영해 나갈 후계자(後繼者)를 생각하게 되었다.

그래서 아들(정준호)을 후계자로 선정해, 이 사업을

이끌어 나갈 것을 정하고 회사에 입사시켜 과장·부장·이사·전무·사장으로 계속 영전시켜 경영수업을 시키고 있다.

현재 아들이 열심히 일하고 있는 모습을 볼 때마다 다행이라고 생각한다.

앞으로 아들의 목표는 선박관리업에서 나아가 최종 회사가 선주가 되어 내항선반운영 및 물류산업으로 해운업계 발전에 이바지하고 싶다는 게 꿈이다.

아버지로서 흐뭇한 마음을 금치 못한다. 머지않은 날, 꼭 그렇게 되기를 소망하고 있을 뿐이다.

우리 회사 사훈이 '고객만족·인화단결·주인의식'이지만, 사훈 못지않게 사주(社主)의 경영철학도 중요하다고 생각한다.

누구나 살다 보면 인생의 큰 전환점이 되는 때를, 즉 계기를 만나기 마련이다.

우리가 함께 다가올 시대를 준비한다면, 미래는 우리 모두가 함께 만들어가는 불굴의 신념이 불타야 하기 때문에 보다 새로운 미래를 맞을 준비를 해야 한다고 역설하고 싶다.

이제 21세기, 디지털 시대에 변화는 피할 수 없는 선택이다. 그러나 변화를 적극적으로 받아들여 새로운 흐름을 주도해 나갈 것인가, 도태되고 말 것인가는 전적으로 우리 자신의 선택에 달려 있다고 하겠다. 다가올 미래의 변화를 위한 준비를 바로 지금 시작할 때라고 본다. 그래서 아들에게 희망을 걸어본다.

우리가 사업을 잘 꾸려나가기 위해서는 경영철학이 그 무엇보다 요구된다고 하겠다.

'미래는 예측하고 기다리는 자의 것이 아니라, 창조하고 혁신하는 자의 것이다'라는 경영정신이 요구된다.

내가 강조하는 경영철학은 '오직 나의 혼을 바친다.'는 일념으로 일한다는 각오다.

나의 후계자가 성공적으로 사업을 경영할 수 있도록 그 기반을 다져 놓아야 한다.

나는 나이가 들어도 열정적으로 살려고 노력하고 있다. 아는 지인이 나에게 말하기를 인생황혼(人生黃昏)기임에도 열정적으로 살아가고 있음이 돋보인다고 찬사를 보내주고 있어, 매우 흐뭇하게 생각하고 있다.

열정이란 무엇인가?

어떤 일에 열렬한 애정을 가지고 열중하는 마음이 열정일진데, 황혼이라고 열정이 없을 리가 없다.

나는 아직도 뜨거운 열정이 있기에, 때론 사랑도 하고 싶다. 온 몸을 불살라 이 세상을 맑고 밝고 훈훈하게 만들고 싶은 마음 간절하다.

나이가 들어도 마음은 결코 늙지 않는다. 열정은 남보다 더 큰 에너지를 뜻하는 말이 아니고, 자신의 힘을 모아 지속시킨다는 뜻이다.

인간은 누구나 아름다운 노년을 꿈꿀 것이다. 나이가 많이 들었어도 무엇인가에 열정을 보이는 사람을 보면 아름답다는 생각이 든다. 사람들은 때로 나이 탓을 하면서 합리화하고, 자신들이 늙어 힘이 없는 것을 우울해 한다. 그러나 이제는 100세 시대가 지나 120~130세 시대를 맞아 노년을 보다 더 열정적으로 살아야 한다고 생각한다.

97살까지 산 '첼로의 성자' 파블로 카잘스(Pablo Casals, 1876~1973)는 "선생님께서는 역사상 가장 위대한 첼로리스트로 손꼽히시는데 아직도 하루에 여섯 시간씩 연습하시는 이유가 무엇입니까?"라는 기자의 질문에 "나는 지금도 연습을 통하여 조금씩 발전하고 있다네."라고 대답했다고 한다.

그리고 96세에 세상을 떠난 유명한 경영학자 피터 드러커(Peter Drucker, 1909~2005)는 타계 직전까지 집필을 계속했다. 역시 어느 기자가 묻기를 "아직도 공부하시냐?"는 질문에 "인간은 호기심을 잃는 순간 늙는다."라는 유명한 말을 남겼다. 그래서 나도 늘 열정적으로 생활하고 있다.

이와 같이 황혼의 열정을 불태우는 방법은 여러 가지로 많다. 사람들은 흔히 돈이 없어서 열정적인 삶을 누릴 수 없다고 말하지만 돈이 문제가 아니다. 세상에 돈은 있는데, 그것을 어디에 써야 하는지 모르는 사람이 의외로 많다. 나는 큰돈은 없지만 열정적으로 살고 있다.

우리 세대는 오늘 날의 대한민국을 이룩해 낸 세대이므로, 우리 세대는 황혼의 정열을 불태울 자격이 있다 하겠다. 젊은 시절 삶의 각박함에 빼앗긴 인생의 즐거움을 보상 받아야 한다고 생각한다.

이처럼 노년기에도 뜨거운 열정을 불태우며 학문과 예술에 정진하고 있는 모습을 떠올리니 "의욕을 잃으면 늙음이 속히 온다."는 피터 드러커의 말은 길이 남을 금언(金言)이라 여겨진다.

요즘도 나를 보고 다들 열정적으로 일한다고 한다. 그렇다. 나는 매사 무슨 일이던 혼신을 다해 일하고 있다.

앞에서 언급 했듯이, 우리 회사의 사훈은 '고객 만족·인화 단결·주인 의식'이다.

이와 같이 외부와의 경쟁 속에서도 직원의 인격과 창

의력이 존중되고 다양한 의견이 수렴되는 열린 조직 즉 주인 의식의 경영 철학을 나는 직원들에게 항상 강조한다.

덧붙이면 우리 국민들은 1997년에 발생한 외환위기 때 국가적 위기상황을 극복하기 위해, 한 마음 한 뜻으로 금모으기 운동에 동참했던 기억이 떠오른다.

2002년에 개최된 한·일 월드컵대회에서 남녀노소를 가리지 않고 모두 거리로 뛰쳐나와 기꺼이 '붉은악마'가 되어 목이 터져라 응원했던 기억도 있다.

그리고 2007년 충남 태안반도에서 기름유출사고가 발생하자, 온 국민이 자원봉사자가 되어 기름 제거작업에 발 벗고 나섰던 기억들….

우리에게는 삼연(三緣)이라는 게 있다. 혈연과 지연, 학연이 그것이다. 그런데 문제는 이런 연줄이 폐쇄적인 의식과 집단이기주의를 부추겨 왔다는 사실이다.

우리의 끈끈한 정과 공동체의식이 한편으로는 국난극복의 동력이 되기도 했지만, 다른 한편으로는 갈등과 반목의 단초를 제공해 온 것 또한 사실이다.

배타적인 인습에 얽매인 사람들은 "팔은 안으로 굽는다.", "우리가 남이가!", "우리 것이 좋은 것이여!"라고 말하는 것을 본다.

물론 나역시 우리 것이 좋다고 생각한다.

그래서 신토불이(身土不二)라는 말이 있지 않은가.

몸과 태어난 땅은 하나라는 뜻으로, 제 땅에서 산출된 것이라야 체질에 잘 맞는다는 말이다.

그렇다고 해서 무조건 우리 것이 좋다고 생각하지는 않는다. 또한 남의 것이 무조건 나쁘다고도 생각해서는 안 된다.

우리는 눈에 보이지 않는 거대한 장벽을 허물기 위해 함께 노력해야 하고, 우리의 목을 조이고 있는 연줄을 끊고 사람과 사람사이를 이어주는 인간 띠를 둘러매야 하겠다.

이제는 세계화 시대라고 불린다.

진정한 세계화는 각 민족과 문화가 융합하는 다원적인 세계화여야 한다는 것이다. 그리고 세계화 시대의 민족주의는 열린 민족주의를 지향해야 함은 두말 할 필요가 없다 하겠다.

우리 회사에서도 내가 주인이라는 주인의식이 철저해야만 능률도 배가되고 성과도 절로 제고(提高)된다는 것을 잊어서는 안 되겠다.

정신일도 하사불성(精神一到 何事不成)이라는 고사성어(故事成語)가 있다. 아무리 어렵고 힘든 일이라도 한

가지 목표를 향해 온 정신을 집중시키면 그 결과는 반드시 성공으로 돌아온다는 굳건한 신념을 견지해야 한다는 말이다.

이와 같은 관점에서 볼 때, 우리는 그 어떠한 경우에도 뜨거운 열정으로 매진하여 소기에 성과를 달성하는 데 박차를 가해야 할 것이다.

나는 항상 청춘이라는 사무엘 울만(1840~1924)의 시(詩) 〈청춘〉을 생각하며, 얼마 남지 않은 내 인생에 새로운 활력을 찾고자 한다.

〈청춘〉

"청춘이란 인생의 어느 한 시기가 아닌
사람의 마음가짐을 뜻한다네.
청춘은 장밋빛 볼, 붉은 입술, 부드러운 무릎이 아니라
풍부한 상상력과 왕성한 감수성, 의지력
그리고 인생의 깊은 샘에서 솟아나는 신선함을 뜻한다네.

청춘이란 두려움을 이기는 용기,
안이함을 뿌리치는 모험심,
그리고 예순 살 노인이 스무 살 청년보다 더 청춘일 수 있

다네.

세월이 흐른다고 늙는 것이 아니라
이상을 잃어버릴 때 늙는 것이라네.
세월은 피부에 주름을 새기지만
열정으로 채워진 마음을 시들게 하지는 못한다네.

근심과 두려움, 자신감의 상실이
우리 기백을 죽이고 마음을 시들게 한다네.
나이가 예순 살이든 열여섯 살이든 가슴 속에는
경이로움을 향한 동경과 어린이 같은 왕성한 탐구심과
인생에서 기쁨을 얻고자 하는 열망이 있는 법이라네.

그대의 가슴 속에
그리고 나의 가슴 속에는 마음의 안테나가 있어
인간과 신으로부터 아름다움과 희망, 기쁨, 용기,
힘의 영감을 받는 한
우리는 언제나 청춘일 수 있다네.

그대 가슴 속에 안테나가 무너지고
정신이 냉소와 비관의 눈으로 덮일 때

그대가 비록 스무 살이라고 하더라도 노인이지만,

가슴 속 안테나를 높이 세우고 희망을 품고 있는 한

그대가 비록 여든 살이라도 죽을 때까지 청춘이라네."

청춘이란 인생의 어느 시기가 아니라 마음가짐이라는 사무엘 울만의 이 시가 마음에 와 닿아 적어 보았다.

용기와 모험심, 탁월한 정신력을 뜻하는 청춘은 예순 살 노인이 스무 살 청년보다 더 청춘일 수 있다는 희망을 노래했다.

냉소와 비관이 아니라 희망을 품고 있으면 나이와 상관없이 누구나 청춘이라는 것이다.

사무엘 울만이 78세에 쓴 이 시를 음미해 보면서, 건강한 정신, 경이로움을 향한 동경과 어린이 같은 탐구심, 열망이 있으면 청춘이라고 하니 나도 희망을 갖고 보다 젊고 건강하게 살아가야 하겠다.

차후 생을 마치는 날 나의 경영철학의 모토라 할 수 있는 주인의식으로 내 삶을 마무리 하고 싶다.

나에게는 쉼표와 줄임표, 물음표, 느낌표, 방점이 모두 필요하다. 그리고 필요한 만큼 잘 활용해 써야 하겠다는 것이다. 마지막으로 종지점(終止點)을 잘 찍을 수 있도록 각고의 노력을 경주하겠다.

진흥상운(주) 10주년 기념행사에서, 건배를 하고 있는 모습

진흥상운(주) 10주년 기념행사에서, 귀빈들과 함께

진흥상운(주) 10주년 기념행사에서, 직원들과 함께

진흥상운(주) 10주년 기념행사에서, 장학금 전달 후

진흥상운(주) 10주년 기념행사에서, 직원들과 시루떡을 자르고 있는 모습

행사장에서, 처와 함께

회장실에서 '석수천복'을 전달하고 있는 모습

건강한 육체와 건전한 정신으로
오늘을 살아간다네

- 팔순(八旬)을 맞아 (2014. 3. 22. 음력) -

회장 정 달 엽
진흥상운주식회사

옛적에는 사람이 태어나

팔순까지 산다는 것은 드문 일이었지만

요즘은 100세 시대를 맞아

80세면 중년이라 한다네.

충분한 영양 공급과

고도로 발달된 현대 의학이

그 역할을 북돋고 있기에
슬기롭게 100세 이상 살 수 있다네

1950년대만 해도
평균 수명이 51세였고
사람들이 장수를 누리지 못했지만
이젠 노년의 역할이 중요한 시대에 살고 있다네

누구나 고령이 되어도
스스로 일을 찾아 나서고
입맛에 맞는 좋은 음식을 먹게 되니
건강한 육체와 건전한 정신으로 오늘을 살아간다네

제8장

봉사정신에 길이 빛날, 대한민국 '국회의장상'

봉사정신에 길이 빛날, 대한민국 '국회의장상'

나는 어릴 때부터 남을 도와주는 천성(天性)을 타고났다고 한다. 그래서인지 몰라도 항상 주위에 나보다 어려운 사람이 있으면 앞장서서 솔선수범하는 것을 좋아했다.

우리는 국가나 사회 또는 남을 위하여 자신을 돌보지 아니하고 온 힘과 정성을 바쳐 애쓰는 것을 봉사라 한다.

보통 스스로 나서서 하는 봉사를 자원봉사라고 부른다. 사실 봉사는 원래 상대방을 위해 도움이나 물건을 제공해주는 일을 통틀어 부르는 말이었다. 그런데 시대가 점점 지나면서 뜻이 자원봉사에 가깝게 한정되어 버린 것이다.

무소유의 화두를 던지시고, 무소유의 삶을 몸소 실천하시다 가신 두 분 스님의 맑고 향기로운 교훈들은 지금 이 세상에 남아있는 우리 중생들의 텅 빈 가슴속에 깊이 충만하게 남아있을 것이다.

이에 두 분 스님의 행동과 말씀을 통하여 위로 받았던 기억들을 떠올리면서 진정한 행복의 가치를 다시 한 번 생각해 본다.

법정스님은 평소 우리에게 비움의 중요성에 대해 늘 강조하셨다. 우리가 얻고자 하는 그 진리를 얻기 위해서는 비워내는 자세를 수행해야 한다고 하시면서 사람의 삶이 괴로운 것은 소유를 집착하는 비이성적인 열정과 욕심 때문이라고도 하셨다.

우리가 자신 안의 참 불성을 찾아가는 길, 그 구도의 궁극적 목표는 해탈일 것이다. 그것은 물질과 정신, 밖과 안 모두에서 벗어나, 자유로워지는 일일 것이다.

법정스님은 이것에 대해 이르기를, 심지어 우리는 자신의 종교에서까지 자유로워져야 한다고 말씀하셨다. 우리는 어느 하나에도 얽매이지 않고 텅 비어있어야 한다고 말이다.

스님은 이 비움에 대해 설법하시길 비움이란 아무것도 없는 것이 아니라고 하시면서 무슨 일을 하되 얽매이지 않는 의식이 진정한 비움이라 하셨다.

비움, 이것은 어쩌면 삶의 틈새일지도 모른다. 우리는 공고한 삶의 형태를 지탱하며 살아간다. 하지만 어느 한 구석 빈틈없이 꽉 막혀 채우기만 한다면, 그 삶의 형태는 지속적이지 못할 것이다. 우리는 삶의 틈새로부터 얻고 비우며 정화되면서 살아간다.

성철스님은 매사에 무심할 것을 강조하셨다. 하지만 성철스님이 말씀하시는 무심이란 막연하게 생각이 없는 상태를 뜻하는 것은 아니다.

스님은 만일 어떤 구도자가 분주함을 싫어하고 조용함을 좋아한다면 그는 바로 깨친 사람이 아니라고 하시면서 깨침을 얻은 사람이라면 조용함을 조용함이라 느끼지 못하고, 분주함을 분주함이라 느끼지 못한다고 하셨다.

또한 진정한 마음의 평정을 얻은 사람이라면 조용함과 분주함을 모두 깨친 사람이라고 하셨다. 그리하여 극락에서나 지옥에서나 싫어함 없이 무심함을 잃지 않는 사람이라고 말씀하셨다.

꽃은 어디에서나 피어난다. 아스팔트에서 피어나 먼지를 잔뜩 뒤집어쓴 민들레도, 정돈된 화단에서 피어난 민들레도 모두 아름답다. 경계가 사라진 세계를 가지고 있는 사람은 어떤 곳에서든 살아갈 수 있다. 그에게는 자신이 속해 있는 무심한 세계가 진정한 해탈의 길이기 때문이다.

거리를 걸어가는 사람들을 보면 대부분 서로의 뒷모습

만을 보며 각자의 길을 간다. 마주 보고 오는 사람이 있어도 선뜻 눈을 마주치지 않고 슬쩍 비켜 지나가기도 한다. 주거지의 경우도 마찬가지다. 일반 주택은 물론이고 아파트에 사는 경우도, 앞집이나 옆집에 누가 사는지 잘 모르고 지낸다. 어쩌다 함께 엘리베이터를 타게 되어 눈이 마주쳐도 각자 시선을 피하며, 다른 곳을 보기 일쑤다.

예전에는 새로 이사를 오게 되면 아무리 없이 살아도 그 날 만큼은 떡을 잔뜩 해서 주변 이웃에게 직접 갖다 주며 인사를 하곤 했다.

"어느 집에 이사 온 누구라고 합니다. 잘 부탁드립니다." 그러면 떡을 받아 든 이웃도 이렇게 대답한다.

"아! 그러세요? 고맙게 잘 먹겠습니다. 종종 놀러오세요."

이것이 인정이고, 사람의 도리라고 여기며 살았다.

떡 하나로 시작되는 인사는 고스란히 인연으로 굳어져 가족보다 왕래가 더 잦아질 때도 있다. 좋은 일이든 나쁜 일이든 서로를 찾으며 위로와 축하를 전하곤 했다. 그리고 그것이 '사람 사는 맛'이라 하여 함께 나누는 인정어린 삶을 만끽하며 살았다.

그런데 요즘엔 핵가족이 널리 퍼지면서 개인적인 성

향이 보편화되어, 다른 사람과의 교류 자체를 꺼리는 사람들이 많아졌다. 이웃 간의 나눔이 점점 사라지고 있는 것이다.

그리고 어쩌다 '나눔'이라는 말이 나오면 꼭 고아원이나 경로당에서 봉사하는 것만을 의미하는 것으로 생각하고 있다. 물론 도움이 필요한 사람에게 따뜻한 손을 빌려주거나 경제적으로 힘이 되어주는 것도 참 의미 있는 일이다. 하지만 가장 가까운 이웃과의 정을 나누지 못하는 사람이라면 과연 누구에게 어떤 마음을 나누어 줄 수 있는지 묻고 싶다.

나눔은 물질적인 것을 나누는 것일 수도 있지만, 전해지는 마음이 함께 있어야만 진정한 나눔이라 할 수 있겠다. 단순히 물질적인 것만을 나눈다고 한다면, 상대방에게 그저 '내가 당신보다 나으니 주는 것'이라는 오해를 받기 쉽다.

나눔은 꼭 풍족함 속에서 나오는 것만은 아니다. 부족하고 겉으로 보기에 보잘 것 없는 것이라 해도, 내 마음이 올바르고 진정으로 이웃을 생각하는 마음이 있다면 가능한 일이다.

남루한 옷을 입고, 거리를 헤매면서도 온화한 마음으로 이웃에게 부처님 말씀을 전하고 깨달음을 채워나가면 진정한 나눔의 삶이 이루어진다고 하겠다.

성철스님의 잠언록에는 "사람이란 물질에 탐닉하면 양심이 흐려집니다. 그렇기 때문에 어느 종교든지, 물질보다 정신을 높이 여깁니다. 부처님의 경우를 보더라도 호사스런 왕궁을 버리고 다 헤진 옷에 맨발로 바리때 하나 들고 여기저기 빌어먹으면서 수도하고 교화했습니다. 그리고 마지막에는 그 교화의 길에서 돌아가셨습니다. 철저한 무소유의 삶에서 때 묻지 않은 정신이 살아난 것입니다."라는 말씀이 있다.

기독교에서의 전도나, 불교의 교화 등도 작게 보면 신앙의 나눔이요, 이웃과의 가장 큰 나눔이다. 성철스님께서 말씀하신 것처럼 이러한 나눔이 물질 중심이 되어 일어난다면 종교적인 양심은 사라져버리고, 타락의 길로 들어서기 쉽다.

어느 종교든지 그 정신적인 면에 중심을 두고, 이웃에게 좋은 의미를 전해준다면 올바른 나눔을, 철저한 무소유의 정신을 실천할 수 있다고 하겠다.

"다음 생에는 무엇으로 태어나고 싶습니까?"라고 묻는다면, 어떤 대답이 나올까? 평소에 생각하고 있지 않았다면, 선뜻 대답이 나오지 않을 것이다.

어떤 일이나 상황이 좋지 않을 때 '전생에 빚이 많아

현생에 고생을 하는 것이다'고 말을 하곤 한다. 불교의 윤회사상에 기인한 말이다. 윤회사상은 원인에 관계한 연(緣)이 순환하여 한없이 돈다는 사상을 말한다.

즉, 생에는 전생·현생·후생이 있는데 전생은 이전의 생을 말함이요, 현생은 현재 살고 있는 생, 그리고 후생은 다음 생을 일컫는 말이다.

〈밀린다왕문경〉에는 이 윤회사상에 대해 쉽게 설명되어 있다.

"윤회는 무엇을 말하는 것입니까?"

"이 세상에 태어난 자는 이 세상에서 죽고, 이 세상에서 죽은 자는 저 세상에서 태어나며, 저 세상에서 태어난 자는 저 세상에서 죽고, 저 세상에서 죽은 자는 다시 딴 곳에서 태어납니다. 윤회가 뜻하는 것은 이런 것입니다."

"비유를 들어 설명하여 주십시오."

"어떤 사람이 잘 익은 망고를 먹고 씨를 땅에 심었다고 합시다. 그 씨로부터 망고나무가 자라서 열매를 맺을 것입니다. 다시 그 나무에 열린 망고를 따먹고 씨를 땅에 심으면, 다시 나무로 자라고 열매를 맺을 것입니다. 이와 같이 망고나무는 끝없이 이어갈 것이며, 윤회도 이와 같은 것입니다."

이처럼 무심코 지나다니며 보는 나무, 돌, 풀벌레, 들풀

하나까지도 우주만물이 돌아가듯이 전생에는 어떤 생이 었을지 알 수 없는 일이다. 전생에 덕을 많이 쌓아야 '사 람'으로 태어난다는 말도 있다. 물론 '사람'이라는 것이 다른 생물보다 우월하다는 의미는 아니다. 다만 뭔가를 할 수 있는 기회가 많다는 것은 사실이다.

그런데 가장 혜택 받았다고 하는 이 사람으로서 해서 는 안 될 짓을 하는 경우도 많이 볼 수 있다. 최근엔 대문 밖에 나서기가 두려울 정도로 많은 범죄가 일어나고 있 다. 소위 '묻지마 범죄'로부터 아동 학대, 연쇄 살인 등 사람으로서 할 수 없는 일들이 버젓이 눈앞에서 일어나 고 있다.

게다가 범인들이 사건 현장을 검증하는 자리에서도 무 표정으로 자연스레 저질렀던 일을 재현하는 것을 보며 다시 한 번 놀라움을 감출 수 없다.

범죄자의 대부분은 "세상이 미웠다", "그냥 했다" 등 상 식적으로는 납득이 가지 않는 이유를 대기도 한다.

자신이 저지른 잘못은 반성하지 않고 상황이나 주변을 원망하는 것에 화가 나기도 하지만, 돌려보면 우리도 범 죄에 원인을 제공해줬다는 생각이 들기도 한다.

법정스님은 세상과 타협하는 일보다 더 경계해야 할 일은 자기 자신과 타협하는 일이라고 하셨다. 따라서 스스로 자신의 매서운 스승 노릇을 하며, 일상에서 일어날 수 있는 세세한 일들도 스스로에게 되물으며 신중함을 가지기를 원하셨다.

주변을 살펴보아 소외된 사람들이 없는지 생각하고, 사회의 범죄가 더 이상 늘어나지 않도록 따뜻한 마음을 널리 퍼뜨려야 할 것이다.

이 세상의 인연은 그냥 오는 것이 아니라 다 이유가 있다. 나와 내 처가 만나고, 아들·딸을 두는 것도 다 인연의 소치(所致)라 하겠다. 항상 윤회사상을 마음에 간직하고 생활한다면, 더 좋은 연을 이룰 수 있을 것이라고 믿어 의심치 않는다.

우리의 행복은 이웃과의 물질적 풍요로움의 우위에서 오는 것이 아니라 이웃과 무엇인가를 나눌 수 있는 마음이 있을 때 오는 것이다.

물질적인 나눔이 없더라도 이웃을 사랑하고 동료들의 마음을 이해하려고 노력할 때 마음의 풍성함을 느낄 수 있는 것이다.

봄에 피는 꽃의 아름다움을 느끼는 여유를 갖는 시간을 만들어 보자. 바쁘다는 핑계로 계절의 변화도 모르고 살아가지는 않는지, 나의 감성은 메말라 있지는 않는지 되짚어보자. 계절의 변화에도 아무런 감각 없이 살아간다면 우리는 기계와 다를 게 없지 않을까 하는 생각이 든다.

항상 바쁜 일상을 살아가는 우리지만 자연의 아름다움에 감탄하고, 조그마한 것이라도 나눌 줄 아는 문화가 정착될 때 더 건강한 사회가 만들어질 것으로 기대된다. 무소유의 진정한 의미가 바로 이것이라고 생각한다.

이 무더운 여름철에 소외된 자, 불우한 자, 노약자들을 보살피고 관심을 가지면서 다 같이 아름다운 삶을 살아가는 지혜를 모아야 할 때가 아닌가 한다.

성공한 사람들의 공통점은 목표를 잘게 쪼개고 작은 단위로 나누어 실행한다는 점이라고 생각된다. 꿈을 기한과 함께 적으면 목표가 되고, 목표를 잘게 쪼개어 나누면 계획이 되고, 계획을 하나씩 실행하면 꿈을 이루게 된다. 먼저 10년 단위로 계획을 쪼개보고 다음에는 5년 단위, 그리고 1년 단위, 그러다 보면 새해의 목표와 단위별 계획이 세워질 것이다.

그리고 어떠한 일이 있더라도 결코 포기하지 않겠다는 굳은 결심으로 목표달성을 위해 최선을 다해 실행에 옮겨 보자. 점점 더 살기가 힘들어 진다고들 한다. 청년 실업, 은퇴자 고령화 문제, 고용문제 등 어려움을 겪고 있는 이웃들이 너무 많다. 그러나 역경을 이겨낸 사람들은 모두가 인생의 꿈과 목표가 뚜렷했다. 새해 계획을 세우기 전에 먼저 인생의 목표를 수립하여, 우리 모두 함께 행복한 새해, 모두가 즐거운 인생을 만들어 보자.

그간 인생을 살아오면서 남을 위해 봉사하고 장애인, 노약자, 각종 어려운 일에 앞장설 수 있었던 것은 어린 시절 인내와 끈기를 터득했기 때문이라고 생각한다.

나는 특히 "젊어서 고생은 사서도 한다."는 말을 참으로 좋아한다. 그렇기에 어려운 이웃을 돌아 봐 줄 수 있는 것이 아닌가 생각한다. 지금까지의 지난 생활을 뒤 돌아보면서 앞으로 더욱 노력할 것을 좌우명(座右銘)으로 삼고 있다.

어린 시절, 지금은 곁에 없지만 늘 끊임없이 격려와 용기를 주셨던 부모님께 다시 한 번 고개 숙여 감사를 드리면서 열심히 살아갈 것을 다짐한다.

그리고 나한테 시집 와서 항상 고생을 도맡아 하면서도 불평불만 없이 그저 내 곁을 조용히 지켜 준 내 사랑하는 아내에게도 감사를 전하고 싶다.

남은 인생을 어떻게 살 것인가?

오직 한 번뿐인 인생을 어떻게 살 것인가에 대해 지난 세월 생각해 왔다.

어떤 인생관, 어떤 가치관, 어떤 생활 태도, 어떤 정신

자세, 어떤 마음가짐, 어떤 행동 원칙을 가지고 살아야
만 승리하는 인생, 충실한 인생, 후회 없는 인생, 보람 있
는 인생, 성공하는 인생, 행복한 인생, 영광된 인생인가?

　망망대해를 항해하고자 하는 사람은 우선 만경창파를
능히 헤쳐 나갈 수 있는 배와 항해기술을 익혀야 하고 아
울러 이 항해가 자신의 인생 목표를 달성하는데 어떻게
기여할 것인가를 면밀히 검토 분석해야 한다. 우선 가치
관과 정신자세를 바로 세워야 하고 후회 없는 인생, 보람
있는 인생을 경영하는 능력을 배양해야 한다. 그야말로
한번만 실수하더라도 그 인생은 영영 회생할 수 없다는
각오로 온 정념을 결집시켜 나가야 한다. 전쟁마당에 임
한 용사가 상대를 죽이지 않으면 내가 죽는다는 결연한
의지로 단 한 번의 시행착오도 범하지 않는 성숙한 인생
을 영위해 나가야 할 것이다.

　우리가 어떤 인생관을 갖느냐에 따라서 그 사람의 인
생의 내용과 방향과 운명이 좌우된다고 한다.

　나의 인생관이 나의 인생을 지배하기 때문이다. 그러
므로 올바른 인생관을 확립하는 것처럼 중요한 것은 없
다고 생각한다.

　올바른 인생관, 가치 있는 인생관을 확립하면 그 목표
달성을 위해 일로매진(一路邁進)해야 한다. 세태의 영향

을 받아 자고우면하면 그 인생은 그야말로 헛된 수고에 그치고 만다. 언제 어떠한 상황에 봉착(逢着)하더라도 초지일관으로 밀고 나가야 한다. 인간이 최선을 다해 노력을 경주했을 때는 여한(餘恨)을 남기지 말아야 한다.

동서고금의 위대한 철학자들의 중요한 관심사는 올바른 인생관을 탐구하고 가르치는 일이었다.

확고한 인생관도 없이 무위도식(無爲徒食)으로 허송세월하면서 되는 대로 살아가는 것은 인간으로서 부끄러운 것이요, 무책임한 일이라 할 수 있다.

그래서 나는 진흥상운(주)을 창업하면서부터 남은 인생을 나보다 더 어려운 이웃을 찾아 봉사하기로 마음먹고, 현재도 기쁜 마음으로 그 길을 향해 살아가고 있다.

우리 인생이 가장 경계해야 할 마음자세는 무의도식하는 일이다. 아무리 명석한 두뇌와 능력을 갖고 있더라도 확고한 의식 없이 꿈속을 헤매듯 하는 삶을 살면, 그 인생은 바로 취생몽사(醉生夢死)하는 삶으로 그치고 말 것이다.

지금까지 세계적인 위인들의 삶을 분석해보면, 남을 돕는 이타적(利他的) 삶을 사는 사람은 영원한 인생의 향기를 남기고 있다는 것이 입증되고 있다.

'슬픔은 나누면 반이 되고, 기쁨은 나누면 배가 된다'

는 말이 생각난다.

프랑스어에는 '노블레스 오블리주(Noblesse Oblige)'라는 단어가 있다. 사회의 지도층 인사들에게 요구되는 도덕적 의무와 책임을 일컫는다.

원래 왕자나 공주도 나름대로 고달픈 법이다. 왕족이나 귀족들은 평상시에는 호화로운 생활을 즐길 수 있었지만, 나라가 위기에 처하면 제일 먼저 희생되어야 했다.

테세우스의 이야기 외에도 에티오피아 왕국의 안드로메다 공주는 괴물 고래에게 제물로 바쳐졌고, 트로이 전쟁에 나서던 그리스 군은 총대장 아가멤논의 딸을 희생시키고 나서야 출정이 가능했다.

이러한 행동을 조금 어려운 말로 '노블레스 오블리주'라고 하는데, 귀족들은 태어나면서부터 타고난 신분에 따른 각종 혜택을 받는 만큼, 윤리적 의무도 다해야 한다는 뜻의 프랑스 어이다.

테세우스는 왕자로서의 특혜를 바라지 않고, 일반 시민들과 똑같이 죽음의 길로 나섰기 때문에 노블레스 오블리주 정신을 그대로 보여줬다고 할 수 있다.

오늘날 노블레스 오블리주는 사회적 갈등과 대립을 해소하고 통합을 일궈낼 수 있는 시대정신으로 간주되고 있는 것이다.

아울러 노블레스 오블리주는 권리를 주장하기에 앞서 의무를 실천하는 사람들, 자신의 이익에 앞서 사회적 안녕과 공익을 내세우는 사람들의 고귀한 이름이다.

빌 게이츠나 워런 버핏, 찰스 피니와 같은 인물들은 미국 사회뿐 아니라 전 세계에 커다란 감동을 불러 일으켰다.

우리나라에도 '한국판 노블레스 오블리주'가 있다.

사랑의 연탄이 있고, 사랑의 콘서트가 있고, 사랑의 나눔 잔치도 있고, 나눔 장터 등이 있는 것을 볼 수 있겠다.

청소부나 노점상, 야채를 파는 사람들도 아름다운 나눔에 기꺼이 동참하고 있지 않은가.

기부천사로 널리 알려진 가수 김장훈, 빈민들을 위한 의료봉사에 앞장선 민병준 박사, 국내입양과 해외봉사에 모범이 된 배우 차인표와 신애라를 우리는 기억하고 있다.

그리고 배고픈 이들과 아픈 이들, 버림받은 이들에게 사랑을 전해주는 익명의 천사들도 많이 있다.

베푸는 사람이 진정한 부자이며, 함께 나눌 수 있는 사람이 참된 행복한 사람인 것이다.

우리 사회에 이처럼 아름다움을 실천하는 나눔이 많다는 것은 정말 살만한 세상이라 하겠다.

나는 1999년 부산 금정구지구당 성태진 위원장과 함께 본격적으로 어려운 이웃을 찾아 봉사하기 시작했다.

당시 고아원·양로원을 비롯하여 지체장애인들의 삶의 터전인 선아원 등을 다니면서 도움을 주기 시작해, 지금도 후원기관으로써 아낌없는 후원을 하고 있다.

최근에도 불교에서는 보시를 수행 덕목의 첫째로 꼽는다는 말이 있듯이, 회사명으로 부산 금정구 금사회동동에 이웃돕기 성금 500만원을 기부한 것이 알려져 부산 조은뉴스 이재훈 기자가 회사에 찾아와 취재한 바도 있었다.

인간의 생명이 붙어있는 날은 기껏해야 100년 안팎이다. 그런데 우리네 인생에 과연 좋은 날과 특별한 날이 얼마나 될까 하고 생각에 미친다.

인간은 괴롭고, 걱정스럽고, 우울하며, 번민하는 나날이 더 많은 것 같다. 그리고 즐겁고 기억할 만하고 아주 특별한 날은 잘 오지 않는 법이다. 앞으로 오늘처럼 더이상 기쁘고 좋은 날은 존재하지 않는다는 생각이 든다. 무슨 즐거운 일이 생기거나 기분 좋은 일이 생기면 바로 그때가 좋은 것이다.

일일시호일(日日是好日) 즉, 날마다 좋은 날이란 날이면 날마다 항상 즐거운 날이라는 뜻이다. 하지만 우리가 살아가면서 정말로 날마다 좋은 날이 얼마나 될까? 날마다는 고사하고 이따금씩 좋은 날도 얼마 되지 않는다. 항상 어렵다고 징징 짜는 날이 더 많다. 어떻게 하면 날마다 좋은 날을 보낼 수 있을까?

날마다 좋은 날이 되려면 근심과 걱정 등 번뇌가 없어야 한다. 번뇌가 있으면 그날은 괴로운 날이다. 이런 날이 겹치면 날마다 좋은 날은 간데없고 우울한 날의 연속이다. 만사가 싫어지고 삶에 의욕이 없어진다. 지옥이 따로 있는 것이 아니다. 그러므로 날마다 좋은 날이 되려면 마음이 평온해야 한다. 그래야만 날마다 좋은 날이 될 수가 있는 것이다.

날마다 좋은 날은 자신이 만들어 가야한다. 즐거움이라는 것은 무언가 운수나 재수 등 일진에 좌우되는 것이 아니다. 주최적인 행복, 주최적인 즐거움이 되어야 한다. 그래야 날마다 좋은 날이라고 할 수가 있는 것이다.

일일시호일이 된다는 것은 근심이나 걱정, 번뇌 망상이 없는 마음상태를 말한다. 즉 무집착, 공(空)의 상태, 깨달은 상태이다.

깨달음의 세계는 무차별, 무분별의 세계다. 중도, 공의 입장이 되어야 한다. 그런데 둘로 나눈다면 중도가 될 수 없다.

좋은 옷, 좋은 그릇, 금은보배 꼭꼭 숨겨놓고 아끼다가 가면 무슨 소용이랴. 입고 쓰고 베풀고 가는 것이다. 그것이 공덕이고, 내 생을 잘 살기위한 일일시호일인 것이다.

회사를 창립한 이후로 선아원에서 몸이 불편한 지체장애인 중·고등학교 학생들에게 매년 장학생을 추천받아 장학금을 지금까지 꾸준히 지급해 오고 있는 것이 뜻깊은 일이라 여기고 있다.

보시란 육바라밀(六波羅密)의 제1 덕목이다. 자비심으로 다른 사람에게 조건 없이 주는 것을 말한다. 중생구제를 목표로 하는 이타정신(利他情神)의 극치이며, 보시를 행할 때는 베푸는 자도, 받는 자도, 그리고 베푸는 것도 모두가 본질적으로 공(空)한 것이므로 이에 집착하는 마음이 없어야 한다. 이것을 삼륜체공(三輪體空) 또는 삼륜청정(三輪淸淨)이라 하는 것이다.

이 보시는 재시(財施)·법시(法施)·무외시(無畏施)의 삼종 시로 나누며, 재시는 능력에 따라 재물을 보시하여 기쁨을 주는 것을 말한다. 그리고 법시는 진리를 구하는 자에게 아는 만큼의 불법을 설명하여 수행을 돕는 것이고, 무외시는 어떤 사람이 공포에 빠졌을 때 어려움을 대신해 그를 공포에서 벗어나게 해주는 것을 말한다.

결국 보시는 남에게 깊은 사랑과 자비를 베푸는 것이다. 불가(佛家)에서는 이 세 가지의 베풂에 있어 절대로 상(相)을 가져서는 안 된다고 가르치고 있다. 그러니까 무주상보시(無住相布施)여야 한다는 것이다. 이 말은 내가 누구에게 무엇을 주었더라도 주었다는 생각조차 가져서는 안 된다는 것이다.

남을 도와줄 때 무슨 이익 또는 대가(代價)를 바라거나, 내가 남을 도와주고 도와줬다는 생색을 내면, 그건 하나의 거래이지 진정한 보시가 아니라는 것이다. 그리고 보시에는 세 가지의 깨끗함(淸淨)이 있어야 한다. 하나는 베푸는 사람(布施者)이 깨끗해야 하고, 둘은 주는 물건(施物)이 깨끗해야 하며, 셋은 받는 사람(施受者)도 깨끗해야 한다고 설명하고 있다.

이 세 가지를 수레바퀴에 비유, '삼륜청정'이라 한다. 여기서 한 가지라도 부정한다면 그 보시는 참다운 보시가 아니다. 또한 내가 남에게 두려움을 주지 않고 환희심과 기쁨을 주는 것이 '무외시'이다. 그런데 무외시라면 부드러운 '웃음' 아름다운 '미소'가 가장 쉽게 베풀 수 있는 것이다.

예를 들면, 경주 토함산 석굴암 부처님은 언제 보아도 그 안면에 원융무애(圓融無礙) 즉, 모든 바깥 경계에 구애받지 않고 그와 일체가 되어 융합함을 의미하고 있으며, 온화한 미소가 서려있음을 본다.

아침 해를 받고 있는 석굴암 부처님의 모습을 대했을 때의 그 은은한 미소는 보는 이에게 자비심과 더불어 경건함과 엄숙(嚴肅)을 함께 자아내게 하는 것을 볼 수 있다.

그리고 충남 서산의 '마애삼존불'도 이와 다르지 않다. 세 부처님의 소박한 웃음은 문자 그대로 천진보살(天眞菩薩)인 것이다. 순박한 농부처럼 보이기도 하는 이 삼존불을 보면, 이승 사람의 웃음도 저렇게 티 없고 순진할 수 있을까 하는 생각을 하게 된다. 그 웃음 속에는 중생을 고통에서 벗어나게 하고자 하는 서원(誓願)이 들어 있다. 바로 이것이 무외시인 것이다.

앞으로도 꾸준히 나의 힘이 닿는 한 회사를 운영하면서 보시하는 마음으로 가일층 열과 성을 다하고자 한다.

세계 굴지(屈指)의 부자도 결국 가져가는 것은 '업' 뿐이라 하였다. 그럼 우리가 받을 업보는 어떤 것일까 이다. 업보는 자신이 행한 행위에 따라 받게 되며 운명인 것이다. 업보는 깨달은 존재인 부처와 윤회의 존재인 중생의 차이라고 하겠다. 중생들의 윤회하는 영역과 인간사회의 사회적·경제적 차이가 생기는 이유는 이른바 인과응보(因果應報)의 포괄적 도덕 법칙인 것이다.

《화엄경(華嚴經)》에 이런 말이 나온다. "여러 가지 많은 꽃들이 피지만 그러나 이름 모를 꽃들도 대단히 많다. 이런 세계가 화엄세계다. 꼭 이름을 알리지 않고 하는 보시(布施), 상(相)을 드러내지 않고 하는 보시가 최고의 보시이고 공덕(功德)이다. 괜히 이름이 드날려서 불리면 그만큼 공덕이 줄어든다고 생각하라." 했다.

죽음을 앞두고 '내가 가져갈 수 있는 것'은 오직 세 가지가 있다고 한다. 하나는 무상공덕(無相功德)이요, 둘은 상생(相生)의 선연(善緣)이며, 셋은 청정일념(清淨一念)이다. 이 가운데 가장 중요한 것은 청정일념인 것이다.

그러나 아무리 공덕을 쌓고 선연을 맺었다 하더라도 평소에 수행이 없는 사람은 이것이 다 아상(我相)이나 착심(着心)으로 화(化)하기 쉬운 것이다. 그래서 우리가 가져갈 수 있는 최고의 보배는 '공수래공수거(空手來空手去)'의 원리를 철저히 깨달아 최후의 일념을 청정하게 하는 것이 아니고 무엇이겠는가?

1999년부터 꾸준히 봉사활동을 해온 공로로 각종 봉사상, 봉사대상, 표창장, 감사장 등을 받은 것이 이루 헤아릴 수 없다.

회사차원에서는 금정구 소재 '선아원'과 사상구 소재 '윤금노인요양원'으로부터 20여 년간 후원물품과 후원

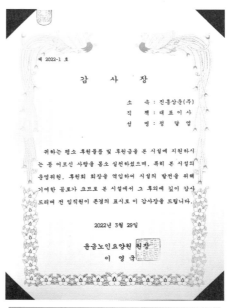

부산 사상구 소재 윤금노인요양원 이영국 원장으로부터
감사장을 받고 있는 필자와 정준호 사장

시사투데이 주최 〈2022 올해의 新한국 大賞〉 수상(2022.4.1)

금을 전달한 공로로 감사장을 받았으며, 시사투데이에서 주최하는 〈2022 올해의 新한국인 大賞〉을 수상하게 되어 그 무엇보다 영광스럽기 그지없다.

그동안 받은 것 중 대표적인 상이, 2000년 12월 18일 받은 '김대중' 전 대통령 감사장과 2018년 5월 10일 수상한 대한민국 '정세균' 국회의장 「봉사」부문 명인대상 상장이다.

봉사부문 명인대상은 가장 보람 있는 결과라고 믿는다. 앞으로 남은 생(生)이 다 할 때까지 있는 힘을 쏟아 봉사에 매진할 것을 스스로 다짐해 본다.

'김대중'대통령 감사장(2000.12.18.)

'정세균' 국회의장상(2018.5.10.)

제9장
처 안순자(安順子)의 내조

처(안순자) 칠순연에서 함께 한 필자부부

처 안순자(安順子)의 내조

나는 나의 사랑하는 처 안순자와 1963년 9월 10일 부산 충무동 월계수예식장에서 결혼식을 올렸다.

처는 1945년 12월 15일 태어나 18세에 나를 만나 결혼해, 슬하에 1남(정준호) 1녀(정이진)를 두고 알뜰살뜰 살다가 병환으로 2020년 3월 4일 사망했다.

남은 생 동안이라도 잘 해주고 싶었는데, 먼저 저 세상에 가서 안타까운 일이 아닐 수 없다.

처(안순자)가 사망하면서, 나는 우리 인간이 저 세상으로 가져 갈 수 있는 것이 무엇인지 생각해 보았다.

숨을 들이쉬고 내 쉬면서 나는 죽음이라는 속성을 가진 존재하는 것을 깨달았다. 바로 호흡지간(呼吸之間)이 삶과 죽음의 경계(境界)라 하겠다.

우리 인간은 누구나 죽음을 피할 수 없다. 물론 늙음도 피할 수 없다. 육신을 가지고 있기 때문에 병도 피할 수 없다. 우리가 지금 아끼고 소중히 여기며 집착하는 모든 것들을 다 버리고 가야 한다. 우리가 유일하게 가져 갈 수 있는 것은 오직 내가 살았을 때 했던 행동, 생각, 말들이다. 이것을 우리는 업(業)이라 한다.

업은 산스크리트어로 카르마(Karma)라고 한다. 원래 는 행위를 뜻하는 말로서 인과(因果)의 연쇄관계에 놓이 는 것이며, 단독적으로 존재하지 않는다.

현재의 행위는 그 이전의 행위의 결과로 생기는 것이 며, 그것은 또한 미래의 행위에 대한 원인으로 작용하는 것이다. 그러므로 업은 어떤 사람도 피할 수가 없으며, 마치 그림자가 형체에 따라다니듯 하는 것이다.

이러한 인과관계에 입각한 행위론은 당연히 선업선과 (善業善果), 악업악과(惡業惡果)와 같은 윤리적인 인과 의 법칙을 낳게 하였다. 그 업은 몸(身)·입(口)·뜻(意)으 로 짓는 삼업(三業)으로 나누어진다. 이 세 가지로 선악 을 짓게 하여 업이 생긴다고 한다.

이 업보설(業報說)은 이생에서의 삶이 윤회(輪廻)의 사 슬 중 하나에 지나지 않는다. 윤회하는 동안 우리는 높 은 경지에 도달하는 부처까지 자신을 완성시켜나갈 수 도 있다. 그리고 나쁜 길에 빠져 동물로 태어날 수도 있 으며, 수라(修羅)·축생(畜生)·아귀(餓鬼)로도 태어날 수 도 있다. 몸도 받지 못할 정도가 되면 지옥에 떨어지는 것이다.

그러니까 과거의 행위는 다음 생의 조건에 영향을 줄뿐만 아니라, 한 생을 마치고 다음 생에 다시 태어나기전까지 저승에 있는 기간 동안 행복할 것인가 불행할 것인가를 결정하게 된다는 것이다. 이 기간 동안 천상(天上)이나 지옥에서 일정 시간 있으면서, 그가 지은 업은거의 소멸된다는 것이다.

그래서 '내가 가져갈 수 있는 것'을 아는 것은 매우 중요하다고 하겠다.

IT업계에 큰 획을 그은 인물로 평가되며 성공가도를달렸던 스티브 잡스(Steve Jobs, 1955~2011)의 글을인용해 본다.

"나는 비즈니스 세상에서 성공의 끝을 보았다. 타인의 눈에 내 인생은 성공의 상징이다. 하지만, 일터를 떠나면 내 삶에 즐거움은 많지 않다. 결국 부(富)는 내 삶의 일부가 되어버린 하나의 익숙한 사실일 뿐이었다.지금 병들어 누워 과거 삶을 회상하는 이 순간, 나는 깨닫는다. 정말 자부심을 가졌던 사회적 인정과 부는 결국 닥쳐올 죽음 앞에 희미해지고 의미 없어져 간다는 것을……

평소 우리 부부는 절에 다니면서 부처님을 믿는 독실

한 불자다. 사월 초파일 뿐만 아니라 시간이 나면 부산 동래구에 있는 금강사(주지 혜성스님)와 친지가 운영하고 있는 안심사 등 사찰을 찾아 기도를 올리곤 했다

'네가 부처다'라는 유명한 말이 있다. 네 마음이 부처고, 부처는 삶 가까이에서 얼마든지 찾을 수 있다는 말이다. 부처는 오랜 세월 수행을 한 고승만의 것이 아니다. 그럴듯한 외관만 갖추고 말만 그럴 듯이 행하는 세상에서 몸소 진리를 실천하고 진리적인 도리를 설할 수 있으면 누구나 부처가 아닌가 싶다.

사람들이 말한다. 이제는 사찰이 산 속 깊은 곳에만 있지 말고 세상 한복판으로 나와야 한다고 말한다. 이 말은 부처는 깊은 산중에 있는 것이 아니라 내 마음에 있고, 세상 속에 있다는 말씀과도 상통하는 말일 것이다.

그래서 이미 세상 곳곳에 나온 사찰인 것이다. 불교의 신앙관 및 수행관의 기본원리와 특색을 나타내는 표어가 있다. 우주만유가 진리의 화신(化身)이므로 모든 일을 불공하는 마음으로 공경심과 정성을 들여 해나가라는 사상이라 여긴다.

조금 어려운 면이 있지만 '곳곳이 부처요, 일일마다 불공' 이라는 말은 이 세상의 모든 사람과 우주 만물이 다 부처이므로 모든 일에 불공하는 마음으로 경건하게 살

아가라는 말씀인 것이다.

불법에 관심 있는 분들이 어떻게 살면 잘 살 수 있냐고 물어 오기도 한다. 그러면 '처처불상 사사불공'이니 잘하면 잘 살 수 있다고 대답한다. 즉 삼라만상을 부처님으로 알고 당하는 일마다 불공하는 마음으로 살아가는 것이 잘 사는 길인 것이다. 그러면 우리의 삶이 나날이 새로워지고, 그 불공의 위력으로 잘 살게 되지 않을까 싶다.

그러자면 부자간에도 서로 부처이니 부모의 입장에서, 자식의 입장에서 불공을 해야 하는 것이고, 또 부부간에도 친구 간에도 동지 간에도 형제간에도 서로가 부처라 여기고 열심히 불공하라는 것이다.

우리가 만나는 사람 중에 제일 중요한 사람은 지금 만나는 사람이다. 그리고 가장 중요한 일은 지금 하는 일이다. 그래서 지금 만나는 중요한 사람에게 따뜻하게 대하는 것이 곧 불공을 하는 것이다. 곳곳이 부처요, 일일마다 불공드리는 사람은 만물을 부처로 여기고 사랑하게 되니 하찮은 생명이라도 미워하거나 죽이지 못한다.

만물을 부처님이라 생각하고 사랑하니까 항상 경건한 생활을 하게 될 수밖에 없는 것이다. 그래서 윤리 도덕을 잘 지켜서 서로 돕는 상생상화(相生相和)의 기운이 자라나면, 상생선연(相生善緣)의 좋은 인연을 맺게 된다. 그리고 기도하는 심정으로 살아가게 되니까 인생을 잘 살 수밖에 없는 것이다. 그래서 때와 장소를 가리지 않는 '처처불상 사사불공'의 삶을 살아간다는 것은 바로 부처님의 은혜 속에서 살아가게 되는 것이다.

세상이 온통 거칠고 아수라장이다. 그러나 '곳곳이 부처요, 일일마다 불공'으로 살면, 내가 극락에 살게 되는 것이다. 부처님에게 애걸복걸 빈다고 복을 내리고 극락에 보내주지 않는다. '곳곳이 부처요, 일일마다 불공'이라는 가르침을 잘 배우고 이를 잘 실천하면 스스로 극락의 길로 가게 되고 큰 복도 받지 않을까 싶다.

또한, 불경에 일체유심조(一切唯心造)란 말이 있다.

'모든 것은 마음이 지은 것이다'라는 일체유심조란 마음이 세상만물을 창조했다는 뜻이 아니고, 마음이 주체가 되어 세상만물을 구성해 간다는 뜻이라고 한다.

예를 들면 여기 붉은 색의 연꽃이 있다면 마음이 눈앞의 물자체인 연꽃을 만들었다는 의미가 아니라 연꽃에 마음이 개입하여 명칭을 짓고, 개념을 짓고, 가치를 지었다는 의미이다. 연꽃이라는 이름도, 붉다는 색깔도, 줄기·잎·꽃이라는 구분도 연꽃은 저렇게 생긴 것이라는 개념도 모두 마음이 구성한 것이기에 연꽃은 내가 보는 것처럼 고정불변한 모습을 지니고 있지 않다는 것이다. 그러므로 바라보는 중생의 마음에 따라 천만가지 형태로 나타난다고 한다.

이와 같이, 눈앞에 전개된 모든 사물과 일들이 마음의 조작임을 알면 부처님을 알고 진리를 보게 된다는 깊은 의미가 담겨 있는 것이다.

처가 사망하자 장례를 치루고, 평소 우리 부부가 매년 '부처님 오신 날'이면 꼭 연등을 달고 기도를 올린 금강사에서 49제까지 정성스레 지내고 탈상했다.

49일간 금강사 혜성 주지스님을 비롯한 스님들이 7일째 되는 날마다 재를 올리며 극락왕생을 기도하고 나니 마음이 한결 가벼웠다.

아시겠지만, 불교의식에서 49제란 7일마다 재를 올려 죽은 이가 다음 세상에서 좋은 곳에 사람으로 태어나기를 기원하는 장례의식이다.

우리 인생은 만남의 연속이라 한다.

그 속에서 너와 내가 만나 결혼한다.

독일의 유명한 작가 한스 카로사는 "인생은 만남이다"라고 말했다. 우리 인생에서 만남처럼 중요한 것은 없다.

어린아이는 좋은 부모를 만나야 하고, 부모는 훌륭한 자식을 만나야 하고, 스승은 우수한 제자를 만나야 하고, 제자는 뛰어난 스승을 만나야 한다. 남편은 착한 아내를 만나야 하고, 아내는 건실한 남편을 만나야 한다는 것은 동서고금의 진리다.

만남은 운명이라는 말이 있는 것처럼 아무리 명석한 두뇌와 훌륭한 능력이 있는 사람이라도 서로 인연이 닿지 않으면 결합을 할 수 없는 것과 같이, 우리는 억겁의 연(緣)을 통해 한쌍의 부부로 만나게 되는 것이다. 물론 선연(善緣)과 악연(惡緣)이 있기는 하겠지만 부부의 인연은 남다른 귀연(貴緣)이라 믿으며 마음 깊이 축수를 하는 바이다.

우리는 좋은 친구를 만나야 하고, 착한 이웃을 만나야 한다. 서로 잘못만나면 불행해지기 때문이다.

인생의 만남 중에서 가장 중요한 만남은 배우자와의 만남이다. 한평생 가까이 동행하면서 동고동락하고, 상부상조하고, 공생공영하면서 살아갈 인생의 동반자를 만나는 것처럼 중요한 만남이 또 어디에 있겠는가.

인간의 인연 중에 부부의 연만큼 아름답고 성스러운 인연은 없다. 부부의 인연은 일찍이 부처님의 은혜로 맺어진 성연(聖緣)이며 천생연분이라 하겠다. 비록 처가 먼저 영면(永眠)하기는 했지만 그동안 부처님의 가호 속에서 두 남매를 양육한 공덕은 그 무엇으로도 대체할 수 없는 홍복이라 믿어 의심치 않는다.

선택 중에서 가장 중요한 선택은 배우자 선택이라 할 수 있다. 인생의 제일 중요한 선택을 어리석게 하고, 경솔하게 하고, 무책임하게 하는 일이 세상에 얼마나 많은가.

직업의 선택은 잘못하였을 때 다시 선택하는 것이 그렇게 어렵지 않지만 배우자의 선택은 그렇지 않다.

부부가 살다가 서로 이혼을 하면 마음속에 깊은 상처를 입는다. 부부 사이에 자식이 있을 때에는 더욱 힘들어지고 불행해진다. 또 이혼하면 세상 사람들의 손가락질과 비난을 받는다. 서로 이혼한 후에 그 다음 선택이 반드시 잘되고 행복해진다는 보장이 없기 때문이다. 그래서 배우자의 선택은 가장 현명해야 하고, 신중해야 한다는 것이다.

우리는 부부의 행복한 만남을 천생연분(天生緣分) 또는 천정배필(天定配匹)이라고 한다. 이 말은, 하늘이 미리 정해 준 좋은 짝이라는 뜻이다.

옛날의 부부 생활은 부창부수(夫唱婦隨)였다. 남편이 주장을 하면 아내는 마음에 안 들어도 그대로 따르고 순종했다. 부창부수가 부부 화합의 길이었다.

그러나, 현대의 부부는 그렇지 않다. 남녀평등 사상이

강하고 여자의 인격과 인권이 존중되고 모든 인간의 자유와 개성을 중시하는 시대가 되었다.

부부는 서로 인생의 동반자요, 동행하는 파트너다. 여성의 목소리는 커지고 아내의 권리는 강화되었다. 그러므로 부부가 서로 대화하고 서로 양보하고 서로 타협하면서 조화를 이루어야 하는 시대에 우리는 살고 있다.

세파(世波)를 헤쳐 나가는 부부의 연에 관한 금언은 그 어느 경우보다 많지만, 그에 관한 해답에는 정답이 없다고 한다. 그것은 세계의 석학들도 인생의 거친 파도를 헤쳐 나가는데 필요한 나침반은 아직 발명되지 않았다고 한 것을 보면 이것이야말로 영원한 숙제로 남을 것이다.

노르웨이의 저명한 극작가 이브센은 이렇게 말했다. "결혼 생활, 이 거친 바다를 헤쳐 나아갈 나침반은 아직 발견되지 않았다."

결혼에 관한 명언이다. 부부의 결혼 생활은 비바람과 파도가 심한 인생의 거친 바다와 같다. 이 거친 바다를 어떻게 헤쳐 나아가야 하느냐, 아무도 자신 있게 대답할 수가 없다. 결혼의 어려운 바다를 무사히 항해케 하는 나침반은 없다는 것이다.

그러므로 화목한 인간관계를 이루는 것이, 부부화합

의 나침반이라고 역설하고 싶다.

우리는 결혼 후, 가정을 꾸리며 산다. 대부분 그동안 같이 살았던 부모와 헤어져 독립적인 생활을 시작하는 것이다.

가정은 인생의 안식처이자 행복의 보금자리로 신뢰의 공동체로서 우리 사회의 기본 단위라 하겠다.

우리 인간은 생활의 필요 때문에 여러 가지의 조직과 집단과 제도를 만들었다.

가족, 학교, 군대, 경찰서, 회사, 공장, 재판소, 국가 등 모두 인간의 필요 때문에 만든 제도다. 인간이 만든 여러 제도 중에서 가장 훌륭한 제도가 가족인 것이다.

가족은 혈(血)과 성(性), 피와 사랑으로 구성된 생활 공동체다. 피는 물보다 짙고 호르몬보다 농후하다.

피는 신비롭다. 피 속에는 적혈구와 백혈구가 있다. 적혈구는 우리 몸에 산소와 영양소를 공급한다. 우리 몸에 산소와 영양소를 공급하지 않으면 우리는 죽는다. 백혈구는 우리 몸에 병균이 들어오면 생명을 보호하기 위하여 병균과 용감히 싸워 병균을 잡아먹는다. 그러므로 피는 곧 생명이요, 사랑이요, 신비인 것이다.

사랑 중에 가장 강한 사랑은 혈족애(血族愛)라 하겠다. 부모와 자식의 관계는 끊을 수 없는 생명적 관계요, 뗄 수 없는 운명적 관계라 하겠다.

부모 자식 관계는 인간관계 중에서 가장 가까운 관계요, 가장 깊은 관계 즉 불가분(不可分)이라 하겠다. 이것은 선택적 관계가 아니다. 인간은 부모를 선택하는 자유가 없다. 또한 부모도 자식을 선택하는 자유도 없다. 부모 자식의 관계는 생물학적 원리에 의하여 맺어진 운명적 관계이기에, 부모 자식 관계는 인륜(人倫)인 동시에 천륜(天倫)인 것이다.

부부는 서로 선택한 관계이기 때문에 언제나 헤어질수 있고, 헤어지면 남남이 된다.

그러나 부모 자식 관계는 피로 얽힌 혈연관계이기 때문에 서로 선택할 수 없고, 서로 헤어질 수 없고, 서로 남남이 될 수 없다는 것이다.

피는 인간의 가장 강하고 뜨거운 액체다.

가족은 피의 원리와 동시에 성(性)의 원리로 구성된다.

남자와 여자가 만나 서로 사랑을 하고, 결혼하여 자녀를 낳고 가정을 이루며 산다.

부부의 결합에서 자식이 탄생하여 형제자매가 된다.

가정을 나무에 비유하면 부부는 가정의 뿌리요, 자식은 그 줄기요, 형제자매는 그 가지가 되는 것이다.

부부는 성의 원리로 결합되고, 부모 자식과 형제지간

은 피의 원리로 형성된다.

성과 피로 구성된 가정은 인간의 가장 중요한 원초적 집단이요, 운명 공동체라 하겠다.

가정은 선택이 불가능한 집단이다. 우리는 자기의 자유의사에 따라 어떤 학교에 입학하고, 어떤 회사의 사원이 되고, 어떤 집단에 소속한다. 그러나 가정은 나의 자유의사대로 선택할 수 없기에, 나는 남의 가정의 구성원이 될 수 없는 것이다.

가정은 딴사람이 들어갈 수 없는 가장 폐쇄적인 집단이다.

내가 남의 아들이 될 수 없고, 내가 남의 아버지가 될 수도 없다.

내가 누구의 아들이 되고 누구의 아버지가 되는 것은 하늘의 뜻이요, 운명의 힘이요, 조물주의 결정이라 하지 않겠는가.

또한 가정에서는 거의 네 것과 내 것이 없다. 모두 우리의 것이요, 공유재산이다.

그러므로 가정처럼 따뜻한 곳이 없고 밀착된 장소가 없다.

가족은 한 지붕 밑에서 한 솥의 밥을 먹으며 동고동락하는 운명 공동체인 것이다.

지상에 존재하는 집단과 공동체 중에서 가족처럼 단결력과 결속력과 운명 공동체 의식이 강한 집단은 없다.

피는 짙고 성은 강하기 때문이다.

옛날의 가정은 생산 기능과 소비 기능을 모두 수행했다. 한 가정에서 논밭에 곡식과 야채를 심고, 직물을 짜서 옷을 만들고, 소와 돼지와 닭을 키우며 의식주의 기본 수단을 생산했었다.

그러나 농경 사회가 공업 사회로 바뀌면서 오늘날은 가정의 생산 기능을 회사와 공장에서 담당하게 되었다. 가정의 생산 기능이 없어진 셈이다. 가정은 주로 소비 생활의 기본 단위가 되었다.

회사와 공장에 가서 일하고 거기서 받은 월급으로 의식주의 모든 생활 수단을 시장에서 사서 쓴다. 그 만큼 가정생활이 편리해졌다.

이제는 가정의 생산 기능은 없어지고 소비기능만 남아 있다. 생산 기능이 없어졌기 때문에, 가정생활은 대단히 편리해졌다고 할 수 있다. 그러나 편리해진 만큼 많은 부작용이 일어나고 있다 하겠다.

세상에 낯선 두 남녀가 만나 서로를 사랑하는 일은 기적에 가깝다고 하겠다. 겨울에 눈 내리는 일처럼, 저녁이 찾아오면 빛이 잠드는 일처럼, 두 남녀가 서로를 사랑하는 일은 아주 당연하고 자연스러운 일이다. 내가 누군가를 사랑하게 되고 또 그 누군가로부터 동시에 사랑받게 되는 일은 참으로 기적에 가까운 일이 아닐 수 없다고 본다.

이토록 넓은 세상에서, 이토록 많은 사람들 중에 나는 당신을 만났다. 그리고 나는 당신을 사랑했고, 당신 또한 나를 사랑했다. 사랑하는 남녀의 인연이란 그래서 눈부시게 아름다운 기적과 같다고 한다.

내가 배를 타면서 처(안순자)를 부산 영주동에서 만나 사귀다가 결혼식은 부산 충무동에 있는 월계수 예식장에서 치뤘다.

당시 나는 신혼의 단꿈을 꾸면서 방 두 칸을 얻어 전세로 살았다.

수 많은 세상 사람들 중에 서로가 서로를 동시에 사랑할 수 있는 두 남녀가 만나 사랑을 하고 한 가족을 이루는 일, 결혼이란 세상이 우리에게 허락한 고귀한 선물이다. 우리가 만나 한 핏줄이 되어 살아가고 있다는 일은 정말 기적이라 아니할 수 없다.

나는 가끔 아내 자랑, 자식 자랑을 하곤 했다.

내가 아내, 자식들과 함께 살아가면서 겪은 숱한 문제에도 불과하고 밖에 나가면 아내자랑 자식자랑을 늘어

놓는 것은, 세상에 정말 나를 걱정하고 나를 위해 편을 들어주고 싸워줄 사람은 가족밖에 없다는 것을, 또 내게 영원한 우군이라는 것이 있다면 그건 아마도 나의 가족뿐이리라고 생각하기 때문이다.

가족은 나의 영원한 동지이자 우군이자 나의 어깨뼈이며, 나의 척추와 내 머리에서 자라나는 검은 머리카락이자 나의 눈동자, 내 몸을 이루는 그 모든 기관이기 때문이다.

한 쪽 다리가 때로 아프다고 그 다리를 버릴 수는 없지 않은가. 우리 몸이 살아가다 보면 아플 때도 있는 것처럼, 우리가 함께 살아가다 보면 서로를 마음 아프게 하고 힘들게 할 때도 있는 것이 아닌가.

나는 결혼하자, 처(안순자) 사랑하기를 내 몸같이 사랑했다. 부부의 유대는 이 세상의 그 어떤 것보다도 가장 긴밀하고 부드럽고 신성하다고 한다.

결혼에 대하여 깊이 생각하고 있는 사람들은 그들이 세울 가정의 성격과 감화가 어떠한 것이 될 것인지 숙고해 보아야 한다.

이 세상에서와 장차 올 세상에서 자녀들의 복리와 행복의 대부분이 그들의 부모들에 의하여 좌우된다. 그들은 넓은 범위에 걸쳐서 어린 자녀들이 받는 육체적 특성과 도덕적 특성을 다 같이 결정해 준다.

일생의 배우자를 선택할 때는 부모와 그들의 자녀들의 육체적, 정신적, 축복을 만들어줄 수 있는 그런 사람을 선택해야 한다.

결혼 생활에 수반되는 책임을 지기 전에 젊은 남녀들은 그 의무와 부담을 감당하도록 그들을 준비시켜 줄 만큼 실생활의 경험을 가져야 한다.

결혼과 같이 중요하고 그 결과가 멀리까지 미치는 관계를 조급하게, 충분한 준비 없이, 그리고 정신적·육체적 능력이 충분히 발달하기 전에 맺지 말 것이다.

사랑은 부부가 서로 주고받는 귀중한 선물이다. 순결하고 거룩한 애정은 감정이 아니고 원칙이다. 진정한 사랑으로 행동하는 사람들은 충동적이거나 맹목적이 아니다. 그들은 스스로를 가장 사랑하고, 그들의 이웃을 자기 몸처럼 사랑한다.

결혼을 하려고 생각하는 사람들은 생애의 운명을 같이하고자 하는 상대방의 감정을 낱낱이 헤아려보고 성품의 발로를 하나하나 관찰해 보아야 한다.

아무리 신중히 또한 현명하게 결혼이 이루어졌다 할지라도 결혼 예식이 거행되는 당시에 완전히 연합되는 부부는 별로 없다. 결혼 생활에 있어서 두 사람의 진정한 연합은 후년에 이루어진다.

사랑은 표현되지 않으면 오래 존속하지 못한다. 그대들과 관련된 사람들의 마음이 친절과 사랑의 결핍으로 굶주리지 않게 해야 한다.

비록 곤란과 어려움과 실망이 있을지라도 남편과 아내 중의 어느 한 편에서 그들의 결혼이 잘못되었다거나 실패라는 생각을 결코 품지 않아야 하며, 피차간에 할 수 있는 대로 최선을 다하고자 결심하라는 것이다.

남편과 아내는 각자의 개성을 상대방의 개성에 결코 합병시켜서는 안 된다고 본다. 또한 남편과 아내 어느 누구도 상대방을 독재적으로 지배하고자 해서는 결코 안 된다.

부부 두 사람만의 세계를 구축하여 피차간에 애정을 쏟는 일에 만족함으로 행복을 발견할 수 없다는 것을 알아야 한다. 진정한 기쁨은 오직 이기심 없는 봉사에서만 발견할 수 있다는 것이다. 다른 사람들의 필요에 따라 봉사하고자 노력할 때, 세상을 복되게 할 것이라고 굳게 믿는다.

우리 인간은 태어날 때, 각자 빚을 지고 태어난다고 한다. 그러므로 우리는 우리의 힘이 미치는 한, 이 빚을 갚고 세상을 떠나야 한다. 그래서 우리는 그 빚을 갚기 위해 능력이 있는 한 봉사하는 것을 아끼지 말아야 한다.

우리는 배고픈 자들을 먹이고, 벗은 자들을 입히고, 고난과 고통 중에 있는 자들을 위로해야 하고, 낙심 중에 있는 사람들에게 봉사하고, 절망 중에 있는 사람들에게 희망을 심어주어야 할 것이다.

나는 사찰을 찾을 때마다, 먼저 저 세상에 계신 부모님과 아내의 명복을 빈다.

아울러 죽음에 대비한 나 자신의 극락왕생(極樂往生)을 빌기도 한다.

그때마다 나는 '옴마니반메훔'을 속으로 중얼거린다. '관세음보살 본심 미묘 육자 대명왕 진언 옴마니반메훔'을 줄여서 '옴마니반메훔'을 암송한다.

'옴마니반메훔'은 육도의 중생들을 제도하여 육도의 문을 닫게 한다는 뜻이다. 이 육자 주를 외우면 모든 공덕을 성취할 수가 있다는 것이다.

관세음보살의 자비를 나타내는 주문으로, 이 주문을 외우면 관세음보살의 자비에 의해 번뇌와 죄악이 소멸하고 온갖 지혜와 공덕을 갖추게 된다고 한다.

이 육자진언을 염송하면 사람의 내면적 에너지(지혜와 자비)를 활성화시켜서 우주의 에너지와 통합할 수 있게 된다는 것이다.

49제 불교의식을 마치고 온 가족이 처가 묻혀있는 산소를 찾아 다같이 '옴마니반메훔'을 소리 내어 처의 극락왕생을 기원하고 나니, 마음의 평정을 찾게 되었다.

내가 결혼 당시 해외취업상선에서 선원 생활을 할 때도 처가 어린 애들을 키우면서 살림을 꾸려 왔기에, 진흥상운(주)을 창업할 수 있었다고 하겠다.

처의 헌신적인 내조가 없었다면, 진흥상운(주)을 창업해서 오늘날과 같이 키울 수 없었다고 본다.

지금도 가끔 처 생각이 나면, '고맙다'는 의사를 전하곤 하는 것이 바로 부부의 정이 아닐까? 하고 생각해 보는 이유다.

시작이 있으면 끝이 있고, 만남이 있으면 헤어짐이 있듯이 모든 생물체는 태어나면 늙고, 병들고, 그리고 필연적인 죽음으로 종말을 고하게 된다. 차이가 있다면 죽음을 맞이하는 시기가 조금 다를 뿐이다.

이렇게 본다면 우리의 삶이란 단순히 죽음을 향한 정해진 길을 굽이굽이 돌고 돌아 돌진하는 행진에 불과한 것이다. 이러한 운명의 진리 앞에서 현재 어떠한 처지에 있더라도 괴로워하지 말고, 슬퍼하지 말며, 욕심을 버리고 주어진 모든 상황을 있는 그대로 수용하면서 얼마 남지 않은 여생, 또는 일에 낙천적으로 살다가 두려움 없이 죽음을 맞을 일이다.

신혼 초기에는 꿈만 같았던 달콤한 시절도 있었건만 사랑했던 처가 내 곁을 떠나고 보니, 애절(哀絶)하게 불러보아도 돌아오는 것은 그리움뿐이다.

젊었을 때에는 자식들 뒷바라지하면서 자식들에게 온정을 쏟고 살았지만, 요즘 자식들은 부모의 그러한 마음을 거의 이해하지 못하는 것 같다. 한편 서운한 마음도 들지만, 그렇다고 자식들과 등을 돌리고 살아갈 수도 없는 일이다.

나이를 먹으니 왜 이리 아픈 곳이 많은지 모르겠다. 조금만 무리해도 허리가 아프고, 무릎이 아프고, 숨이 차다. 노년기에 와 있는 지금, 젊을 때와는 반대되는 생활을 경험하는 것이 어찌 보면 당연하고 공평한 일이 아닐 수 없다.

세상사 모든 일이 그렇듯이 우리의 인생살이 또한 변화와 굴곡이 있게 마련이다. 누구나 아름답고, 편안하고, 화려한 생활을 꿈꾸고, 그렇게 살아가고자 노력하지만 마음먹은 대로 되지 않는 것이 우리네 인생인 것이다.

과거의 기뻤던 일, 슬펐던 일, 행복했던 일, 불행했던 일 등 누구나 지난 세월의 추억을 간직하고 살아가지만,

자신에게 주어진 상황이 좋지 않을 때 대부분의 사람들은 과거의 불행했던 기억은 잊어버리고, 지나간 날 가운데 달콤했던 추억만을 떠올리며 지금의 처지를 한탄하는 경향이 있다.

현재 자신의 처지가 나쁘다면 고생했던 날들을 떠 올리면서 마음의 위안을 가지기를 바란다. 현재의 처지가 과거보다 행복하다면 감사한 마음을 간직하고 지금의 나보다 못한 처지에 있는 많은 불쌍한 사람들을 위해 좋은 일을 하면서 살아가면 더 바랄 것이 없다 하겠다.

그렇게 살다가 죽음이 다가와 병들면 그 또한 생의 과정이니, 자연스레 받아 들여야 함은 물론이다. 지나간 날들을 모두 떠올리며 과거에 저질렀던 모든 잘못을 반성하고 용서를 빌며 성숙한 마음으로 하루하루를 살아가면 되는 것이다. 세상에 태어날 때 울었으니, 죽을 때는 웃어야 하는 것 아닌가.

요즘도 나는 '천지팔양신주경'을 독송하며, 불국토(佛國土)에서 편히 지내는 처의 모습을 그려보며 축원하는 마음뿐이다.

천상(天上)에서라도 우리 가족의 평강(平康)을 기원해 주기를 바라마지 않는다.

하루 속히, 속세의 무거운 짐 훌훌 다 털어버리고 저

세상 극락정토(極樂淨土)에서 천상의 복 한껏 누리기를
두 손 모아 기원해 본다.

처(안순자) 묘소 전경

처(안순자) 묘소를 찾아서

처(안순자) 묘소의 비석

처(안순자) 묘소의 비석

처(안순자) 묘소의 비석

처(안순자神位) 기일(忌日)을 맞아, 안심사(安心寺)에서
제(祭)를 올리는 장면(2021. 12. 15. 음력)

경주 석굴암 부처님

천상(天上)의 복(福) 한껏
누리소서!

- 처(안순자)를 그리워하며 읊은 시 -

회장 정 달 엽
진흥상운주식회사

이웃 땅 일본에서 1945년 태어나
광복 후 조국 대한민국의 품에 안겨
수 억겁(億劫)의 인연(因緣) 따라
18세에 나를 만나 결혼한 임이시여!

슬하(膝下)에 1남 1녀 두고
알뜰살뜰 살다가 먼저 가시니
늘 곁에 있을 때가 그리워

당신의 이름을 조용히 불러본다오!

한시도 잊을 수 없어
불경(佛經)을 읽으며 축원하노니
불국토(佛國土)에서 편히 계시는
당신의 모습을 생생히 그려본다오!

경자년 3월 4일 76세 일기(一期)로
속세(俗世)의 무거운 짐 훌훌 벗고
저 세상 극락정토(極樂淨土)에서
천상(天上)의 복(福) 한껏 누리소서!

산소에서,
생전 당신의 모습을 그려본다오

- 처(안순자)의 묘를 찾아 (2021. 3. 3. 음력) -

회장 정 달 엽
진흥상운주식회사

오늘 당신이 누워있는
양지바른 산소에 와서 보니
평생 서로 의지하며 지내왔던
지난 기억들이 주마등처럼 스쳐 지나간다오

당신이 떠나고 혼자 있으니
한때 금슬 좋은 우리가
정겹게 대화 나누던 그때가 회상되면서

그리움이 가슴으로 흘러 슬픔에 젖어본다오

가까이 있으면
다정하게 대화 나누고 싶고
이것저것 물어보고 싶은 것도 많을 텐데
정말 답답한 심정 뿐이라오

시간이 흐른다고
쌓인 정감이 희석되는 것도 아니고
더욱더 또렷하게 빛을 발하고 있으니
산소에서, 생전 당신의 모습을 그려본다오.

제10장

진흥상운(주)
사장에게 바란다

진흥상운(주) 사장에게 바란다

정준호 사장은 1968년 7월 14일(음) 부산에서 태어났다.

부산에서 초·중고등학교·대학과 회사 경영수업을 받으면서 부산 해양대학교 대학원을 우수하게 졸업했다.

1996년 며느리(안소희)와 결혼하여, 현재 손자 민규와 성민이의 아빠가 되어 모범가정을 이끌고 있다.

부전자전(父傳子傳)이라 할까?

정준호 사장은 부모를 닮았다고 한다.

평소 부모를 닮아 이웃사랑과 봉사정신이 투철하다는 평이다.

타고난 성격이나 성품이 좋아 그간 받은 각종 사회봉사상을 비롯하여, 한국유림총연합 안명호 총재로부터 '효행상'을 받아 주위에서 칭송이 자자해 흐뭇하기 그지없다.

나는 아들을 낳기 전에 사찰에 가서, 처와 함께 정성

껏 기도를 올렸다. 부처님께 우리 집안의 기둥이 될 아들이 태어나게 해 달라고 지극지성으로 절을 올리며 기도를 했다. 그 결과, 부처님께서 점지해 준 아들(준호)이 태어나 기쁘기 한량없었다.

대승불교의 경전 가운데 법화경이 있다. 그 속에는 보문품이 있는데 이를 흔히 관음경이라고 부르기도 한다. 《관음경》에는 이런 구절이 있다.

"만일 어떠한 여인이 아들을 낳기를 원하여 관세음보살님께 예배하고 공양한다면 곧 복덕과 지혜가 있는 아들을 낳을 것이다. 만일 딸 낳기를 원한다면 곧 단정하고 예쁜 딸을 낳을 것이다. 그는 전생에 덕을 심었기 때문에 많은 사람들이 사랑하고 귀여워 할 것이다."

우리나라는 불교를 처음 받아들이면서부터 관세음보살을 신봉하는 관음신앙이 확산되다 보니, 이제는 관음신앙이 대중을 이룬다 해도 과언이 아니다.

관음은 관세음보살을 줄여서 부르는 말이다. 관세음보살이란 세상의 모든 소리를 들을 수 있는 자비의 상징인 보살을 뜻한다.

'관세음보살'이라는 단순한 이 한 마디를 소리 내어 염송만 해도 마음속에 일어나는 다른 잡생각이나 망념을 떨쳐버리고 내 스스로 마음을 청정하게 할 수 있다.

그러한 염력(念力)은 새로운 영혼이 나에게 올 수 있도록 하는 좋은 바탕이 된다고 한다.

사람은 언제 어디서나 항상 생각 속에 있다. 그러나 그 생각이란 것은 '나'라는 관념의 틀을 벗어나지 못하는 속성을 가지고 있다. 나라는 속에는 어두운 마음이 앞서게 되고 그러다 보면 번뇌의 갈등 속에 빠져들게 마련이다.

"진리를 따르고 법을 따르는 이들이여, 만약 헤아릴 수 없는 많은 중생들이 갖가지 고통과 번뇌에 쌓여 괴로움을 당하고 있을 때 그 마음을 하나로 모아 관음의 이름을 부르면 관세음보살님께서 고통 중에 있는 중생들의 소리를 듣고 고통에서 벗어나게 하리라."

이렇듯 관음의 자비는 지극한 것이다.

만약 괴로움의 한가운데 있다면 그 괴로움을 이겨내는 가장 빠른 것이 관음기도라 한다.

그러므로 "고통 중에 있는 이들이여, 한 마음 한 뜻으로 마음을 집중하여 관세음보살을 염하라." 하였다.

우리는 우리들의 마음속에 있는 진리의 소리, 청정한 법신의 목소리를 들어야만 고통에서 벗어날 수 있다.

기도하는 마음은 영겁과 하나되는 마음을 키우는 일이다. 우리는 기도 속에서 충만한 생명의 에너지를 찾아야 한다.

기도를 할 때는 반드시 확고한 신념을 가져야 한다. 그대로 믿고 실천하면 반드시 원하는 바를 성취할 수 있다고 하겠다.

그리고 확고한 신념을 위해서는 몸과 마음이 깨끗하여야 한다. 기도하는 마음은 공양하는 마음이기에, 나보다는 이웃을 위하고 섬기는 마음에서 자비심은 저절로 일어나게 된다.

기도하는 마음은 진리를 찾아가는 여로이다. 진리를 아끼고 사랑하고 실천하려는 의지가 쌓이고 모이는 속에서 훌륭한 인격은 이루어지는 것이다.

기도하는 마음은 참회하는 마음이다. 하염없이 살아온 지난날에 대한 참된 참회는 현재를 중요하게 여기게 되고 밝은 내일을 약속하는 힘이 된다.

기도하는 마음은 뜬 구름 같은 번뇌를 다스리고 어리석음 속에서도 벗어나게 한다.

기도하는 마음은 지혜가 깊어지게 한다. 기도를 하면 마음위에 떠 있는 미망의 번뇌가 소멸되고 그러면 자연히 지혜의 자성이 드러나게 된다.

기도하겠다는 뜻 자체가 올바른 인격을 갖추게 하는 밑거름인 것이기에, 나는 아들(준호)에게 항상 기도하는 자세로 생활하라고 당부(當付)하고 싶다.

누구나 부모된 마음은 똑 같겠지만, 나도 내 아들·딸이 잘 되기를 항상 빌어왔다.

'이 세상에 부모 마음 다 같은 마음

아들 딸이 잘되라고 행복하라고

마음으로 빌어주는 박영감인데

노랭이라 비웃으며 욕하지마라

나에게도 아직까지 청춘은 있다

원더플 원더플 아빠의 청춘

부라보 부라보 아빠의 인생'

나도 모르게 이 노래를 흥얼거리며 불러본다.

사람은 누구나 어린 시절 부모의 보호(保護)를 받고 자라지만, 성장하면 자기 자신도 부모가 되어 자식의 행복을 위해서라면 뭐든지 다하는 것이 부모의 마음이지 않는가.

노래 가사의 내용이 시대가 달라도, 이 시대를 살아가는 아빠의 심정과 크게 다르지 않아 공감이 가는 내용이다.

계속 진흥상운(주)을 경영해 나가기 위해, 13년 전 회사에 입사시켜 현재 아들인 정준호 사장에게 경영수업을 시키고 있다 보니, 가까이에서 일하는 모습을 지켜볼 때마다 마음 든든함을 느끼곤 한다.

수많은 고전(古典) 중 대인관계에 대한 최고의 책이라 일컫고 있는 《논어》에서 인간관계를 통해 오늘날 우리의 삶에 어떻게 적용해 설명하고 있는지 '공자의 대인관계 6계명'을 통해 살펴 보고자 한다.

첫째, 상대방의 입장에서 생각하라.

공자는 '내가 하고 싶지 않은 일은 남에게 시키지 말라'고 했다. 내가 하고 싶지 않은 일을 남에게 베풀지 말라는 뜻이다. 언제나 상대방 입장에서 생각하고 상대방의 마음을 헤아리는 것이 인간관계의 시작이란 뜻이다.

둘째, 남이 나를 알아주지 않는다고 걱정하지 마라.

그보다 먼저 내가 남을 알아주지 않음을 근심하라는 말이다. 좋은 보석은 누구나 알아보기 마련이다. 주머니 속에 있는 송곳은 반드시 삐져나오게 되어 있다. 나를 알아주지 않는다고 불평할 것이 아니라 정말 알아줄 만한 실력과 인격을 먼저 갖추면 모든 사람이 인정한다는 뜻이다.

셋째, 잘못을 알았으면 고치는데 주저하지 마라.

잘못을 알고도 고치지 않는 것이 잘못이다. 문제가 있는 데도 불구하고 쉬쉬하며 문제를 덮으려고 하다가는 결국 늪에 빠져 허우적거리는 최악의 상황을 맞이하게 된다. 잘못을 하는 것보다 고치지 않는 것이 정말 잘못이라는 지적이다.

넷째, 자신과 다른 것을 공격하는 것은 자신에게 해가 될 뿐이다.

나와 다른 것에 대하여 무조건 비판하고 깎아 내린다면 결국 본인에게 해가 될 뿐이라는 경고이다. 다름을 인정하고 다름과 함께 할 때 관계는 소통된다. 오로지 나만 옳고 남은 틀리다는 생각은 절대 금물이라는 것이다.

다섯째, 군자는 모든 책임을 자기에게서 찾는다.

그러나 소인은 모든 책임을 남에게 돌린다. 군자는 공자의 영원한 이상향이다. 소인은 물론 그 반대이고, 떳떳이 모든 책임을 인정하고 모든 것을 내 탓이라고 말할 수 있는 사람이 진정한 군자란 뜻이다. 누구나 책임을 자신에게 돌린다는 것은 쉽지 않은 일이다.

여섯째, 군자는 조화를 이루나 같음을 강요하지는 않는다.

'군자화이부동(君子和而不同)'이라 했다. 반면 소인은 같음만을 원하고 조화를 이룰 줄 모른다. 화(和)는 조화이다. 탄력적인 눈높이를 가지고 주변사람과 역동적인 인간관계를 갖는 것을 화(和)라고 한다. 반면 동(同)은 패거리이다. 고정관념과 이익에 눈이 가려 패거리를 만들어 싸우는 사람을 동(同)이라 한다. 서로 다음을 인정하는 포용의 정신이 인간관계의 완성이라 하겠다.

'날씨가 추워져야 소나무와 잣나무가 늦게 시드는 것을 알 수 있듯이, 원칙을 소중히 여기고 가던 길을 묵묵히 가는 사람이 어려울 때 더욱 빛이 난다'고 생각한다.

우리의 조상은 바로 동이족이라 한다. 공자도 '동이족의 신(神)께 드리는 제사'를 연습하고 정리했던 동이족의 후예라 한다.

한자(漢字)를 발명해 낸 민족 역시 동이족이라고 여기고 있기에, 동이족이야말로 위대하다고 할 수밖에 없을 것이다.

극하면 변하는 것이 천지의 이치이다. 그러므로 개인이나 가정이나 회사나 국가도 그 왕성한 때를 조심하여야 하는 것이다.

따라서 이러한 '공자의 대인관계 6계명'으로 차곡차

곡 힘을 길러 나가기를 바란다.

이와 같이 '공자의 대인관계 6계명'을 하나하나 실천해 나간다면 반드시 성공을 기약할 수 있다고 믿어 의심치 않는다.

마지막으로 당부하고 싶은 것은, 명심보감(明心寶鑑) 계선편(繼善篇)에 선행을 권장하는 말이 나온다.

평소에 착한 마음으로 섬기며 살아가다 보면 하늘이 그 뜻을 알고 복을 내리지만 그와는 반대로 착하지 않은 마음으로 대인관계를 하다보면 반드시 화(禍)로 보답한다는 명구(名句)가 있다.

앞으로 세상살이를 하면서 이 명심훈(銘心訓)을 깊이 음미하며 새겨두기 바란다.

21세기 해양부국시대를 맞아 해양수도 부산은 이제 해운업을 통해 부를 축적하고 바다를 통해 부산의 꿈을

부산항 항구 전경

부산항 선착장의 풍경

만들어 가야 한다고 생각한다.

아무리 현실이 어렵더라도 희망의 끈을 놓지 않고, 소처럼 우직하게 참으며 도전을 향해 힘찬 발걸음을 내딛어야 하겠다.

희망과 도전의 길은 우리를 향해 반드시 열릴 것이다. 겨울이 오면 봄이 머지않다고 하듯, 하루속히 부산이나 우리 경제에도 희망과 새 봄이 올 것으로 기대한다.

제2의 재도약을 꿈꾸며, 시대적 사명감을 갖고 변화와 개혁에 수동적 자세가 아닌 주도적이고 능동적으로 나아갈 것을 스스로 다짐해야겠다.

2008년 말 미국발 금융위기로 시작된 글로벌 경제위기 속에서도 국민 모두가 한마음 한뜻으로 슬기롭게 대처하여 우리나라는 세계에서 경제위기를 가장 먼저 극복한 나라로 평가받았다. 국제통화기금(IMF)이 내놓은 나라별 전망 보고서에서도 잘 나타나고 있다.

나는 급변하는 사회에서 다양한 지식이 없다면 내일에 대한 예측을 할 수 없다는 생각에 하루에 몇 장을 읽더라도 항상 책을 갖고 다닌다. 정보의 홍수시대를 살아가는 우리는 공부하는 습관이 없다면 삶의 변화에 대한 대처능력 부족으로 사회의 낙오자가 될 수밖에 없다.

공부하고 노력하면서 선진 시민으로서 이제 나를 생

각해 보자.

　물질적 풍요로움이 선진국을 뜻하는 바는 아니다. 선진국의 시민으로서 사업을 이끌어 가는 한사람으로서 선진문화에 대해 생각하자. 변화에 순응하기 보다는 변화를 주도하는 사회의 일원이 되도록 노력해야 자신이 발전하고 우리 대한민국이 발전할 것이라고 확신한다.

　아들인 정준호 사장의 목표는 최종적으로 회사가 선주가 되어 내항선박운영 및 물류산업으로 해운업계 발전에 이바지하고 싶다는 포부를 밝히고 있으니, 꼭 그렇게 되는 날이 오기를 바라고 싶다.

'E좋은뉴스'와 인터뷰 하고 있는 정준호 사장의 모습

아들(정준호) 부산 해양대학교 대학원 졸업식에서

아들(정준호) 해양대학교 대학원 졸업시 가족과 함께

각종 수상

정준호 사장의 각종 상장을 모아둔 진열장

각종 수상

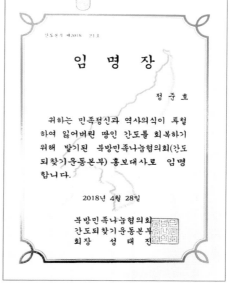

각종 수상

각종 수상

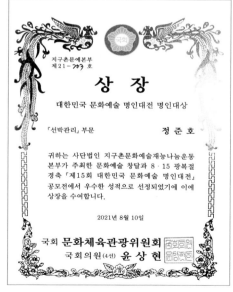

소장품 (글씨)

〈 창업수성 〉
'대를 이어 부친이 창업한 사업을
이어 나가겠다'는 결의

〈 일일부독서구중생형극 〉
'하루라도 독서를 하지 않으면
입속에 가시가 난다.'는 글귀

정달엽 자서전

꿈길 따라 살아온 인생

초판인쇄 2022년 5월 03일 **초판발행** 2022년 5월 08일

편저자 **정달엽**
펴낸이 **이혜숙**   펴낸곳 **신세림출판사**
등록일 **1991년 12월 24일 제2-1298호**

04559 서울특별시 중구 퇴계로49길 14,
     충무로엘크루메트로시티2차 1동 720호
전화 **02-2264-1972**   팩스 **02-2264-1973**
E-mail : *shinselim72@hanmail.net*

정가 **25,000원**

ISBN **978-89-5800-247-5, 03810**